HERZFADEN

心　线

THOMAS HETTCHE

〔德〕托马斯·黑特歇 著

王瑞琪 译

人民文学出版社

著作权合同登记号 01-2023-3616

Herzfaden
Thomas Hettche
Copyright © 2020 Verlag Kiepenheuer & Witsch GmbH & Co. KG, Cologne / Germany
Illustrations © Matthias Beckmann
All rights reserved.

图书在版编目（CIP）数据

心线：奥格斯堡木偶剧院的故事 /（德）托马斯·黑特歇著；王瑞琪译. —— 北京：人民文学出版社，2024
ISBN 978-7-02-018335-7

Ⅰ. ①心⋯ Ⅱ. ①托⋯ ②王⋯ Ⅲ. ①长篇小说—德国—现代 Ⅳ. ① I516.45

中国国家版本馆 CIP 数据核字（2023）第 209281 号

责任编辑	胡思棋　邰莉莉
装帧设计	钱　珺

出版发行	人民文学出版社
社　　址	北京市朝内大街166号
邮政编码	100705
印　　刷	山东新华印务有限公司
经　　销	全国新华书店等
字　　数	150千字
开　　本	889毫米×1194毫米　1/32
印　　张	9.125
版　　次	2024年1月北京第1版
印　　次	2024年1月第1次印刷
书　　号	978-7-02-018335-7
定　　价	89.00元

如有印装质量问题，请与本社图书销售中心调换。电话：010-65233595

这本书献给费利

女孩挣脱父亲的手跑开了。绝不能让父亲看见她哭，连她自己都不明白为什么突然这么伤心，以至于眼泪夺眶而出。演出结束后，她不顾一切地挤过在剧院门厅里喧闹的孩子们，蹲在大厅最远一角的地板上——这样父亲就看不见她了。她从连帽衫口袋里掏出苹果手机，给所有的朋友发送了"破涕为笑"的表情，再用手掌擦去脸上真正的眼泪，直到泪水不再流下来。

当她恢复清晰的视野后，注意到旁边有一扇小木门，刷得像墙一样白，没有锁，也没有把手。她好奇地把手指伸进木头和砖石之间的窄缝。门动了，但是很沉重，重得好像很久没有人打开过似的。女孩站了起来，用尽全力拉开门，一股带着霉味儿的冷风拂过她的脸。在一片昏暗之中，光秃秃的石砖地面上蒙了一层厚厚的灰尘。借着从门厅射进来的光线，女孩看见了螺旋楼梯的第一阶，再往上的第二阶消失在黑暗中。她听到了父亲在叫她，便赶忙溜进门去，并在身后关上了门。

瞬间，黑暗笼罩了她，女孩的心跳到了嗓子眼儿。她打开苹果手机上的手电筒，一只脚踏上了第一阶楼梯，然后一阶一阶继续往上爬。在苍白的 LED 灯光下，她抓住了石柱——螺旋楼梯的主轴正是绕着石柱向上旋转。突然灯灭了。女孩停了下来，浑身发抖。她想电池的电量还剩 75% 呢。

她小心翼翼地在黑暗中一步一步地慢慢摸索着前进，感觉身体越发寒冷。她一手抓紧石柱，另一只手把兜帽拉到头上。不由得想起早上在家非要穿上她的新白色连帽衫，还要编上她朋友教她的无比复杂的辫子，尽管她的母亲不断地催促，因为她早该去赶火车了。当她想到这些的时候，几乎又要落泪。她愤怒地想：我爸到底在想什么？木偶剧根本就是小儿科。她一边不停地爬上这无尽的楼梯，一边感觉自己越来越渺小，一步一步，很快就会完全消失在黑暗中，直至完全不存在，而她自己也几乎为此感到高兴。忽然，她的脚撞到了某个坚硬的东西。

女孩屏住了呼吸。这又是一扇门吗？果然，她摸到了木头，当她用尽全力把自己顶在木头上时，这扇门也打开了。她很高兴能逃离黑暗，可就在出去的同时，她发现黑暗并未消失。不过，她不再感到螺旋楼梯的狭窄，相反，她觉得现在所在的空间一定很大，因为她的呼吸声消失得无影无踪。她的目光在一片漆黑中急切地扫视着，想找点什么可以抓住的东西。过了一会儿，她真的看到了阴影，然后是一束浅浅的光，似乎是从上面透下来的。慢慢地，一个房间从黑暗中不知不觉地显现出来——一个巨大无比的空间。女孩抬头，看到了高处屋顶架的开放式横梁，中间还有一扇天窗透着月光，在巨大的地板中央，被月光照射的地方沿着边缘形成了一个光斑，仿佛铺了一块圆形的白色地毯。

忽然，女孩又有了新发现，这个大房间的两边都有高高的木架，架子上又挂着什么东西。好奇心驱使她鼓起勇气看清这些东西是什么，只见暮色中的它们有手有脚，四肢摇晃，身着彩色长袍。原来是提线木偶，一个接一个挨在一起，不计其数。它们被细线轻轻吊起，女孩从它们身边走过时，它们立刻开始嘎嘎作响。女孩吓得停下脚步，这声音让人毛骨悚然。

等到"嘎嘎"声渐渐弱下来，女孩又听到了别的声音。脚步声从黑暗中慢慢靠近。她无助地听着脚步声，心也开始狂跳起来。接着，一个起初埋没在黑暗中的身影出现了，慢慢地靠近地板中央那块月光地毯。女孩先是看清了一件黄色的长袍，然后是两条黑色的辫子，最后那个身影停在了月光下，开始唱歌。

"好极了！美极了！
一个人在沙滩漫步！
我是李丝公主，
因为我不愿意，他们从来都找不到我。"

"李丝？"

女孩心里的石头落了地，飞快地跑向公主，她已经很多年没有想起李丝了，而孩童时期的女孩曾视李丝为心头之爱。

"你好呀,小姑娘,"木偶点了点头说道,"别害怕!我是李丝公主,因为我不愿意,他们从来都找不到我。哼——"

"他们也找不到我!"

女孩忍俊不禁,恐惧荡然无存。公主用木偶眼和善地看着她,她想告诉公主,她是如何从父亲身边逃开的,又是如何以一种匪夷所思的方式来到这里的。这时,她突然听到一声响亮的"啪嗒"声,赶忙向黑暗中张望。

"别害怕,小姑娘。"李丝公主说道。

就在这时,一只仙鹤慢慢出现在亮光中,它走得非常慢,慢得仿佛在黑暗中掀开盖子爬出来一样,这是一个年老的、令人嫌弃的木偶,它小心翼翼地摆动长长的腿,脑袋好奇地左右摇晃。

女孩着了魔似的看了老仙鹤好一会儿,紧接着,在黑暗中发出的"吱嘎"声和"咔嗒"声变得越来越响,整个锡罐军队出现了,然后是三个小恶魔和一个骷髅——木乃伊一家,女孩正不知该看向哪里,鹦鹉、夜莺、猫头鹰和海鸥也飞了过来,驴、马和一只小羚羊从黑暗中跳了出来,毛茸茸的白色绵羊走了过来,各种长度和颜色的蛇爬了上来,猫因为兴奋而舞动着尾巴,还有一条腊肠狗在狂吠。

女孩看到，越来越多的提线木偶刚刚还被高悬在房间的两侧，而现在它们从提线中解放了身躯，爬到了地上，她发现所有动物中都开始围拢在她身边：伍茨太太和名为萍的企鹅、戴着高圆帽的名为舒施的巨蜥、海象、狮子和名为米克什的雄猫，还有夹在所有动物间的哈巴库克·提巴通教授、大鼻子、霍勒太太和赫尊普洛兹强盗、小女巫和佐波·特隆普、小王子和他的狐狸、塞佩尔和祖母、警察阿洛伊斯·迪姆普费尔摩斯和小纽扣吉姆、瓦斯太太、假巨人图尔图尔——人们越靠近它，它的身形就越来越小——还有卢卡斯和火车头艾玛，它们缓缓走来，小心翼翼地在人群中找到位置。

所有这一切都朝着女孩和李丝公主站着的明亮的圆形月影靠近。大家推推搡搡，一匹小马被一个小矮人绊倒在湿滑的地板上，女孩被一片乱象弄得眼花缭乱，都没注意到所有的木偶都和她自己一样大，并且它们完全没有随着提线移动，而是真的活过来一样，还能说话、嘶吼、低吟。女孩甚至没有注意到有人正从黑暗中走来。直到那个身影站定在她正前方时，她才惊讶地抬头看向这个人。

一个十分美丽的女人站在女孩面前，她身材高大，穿着一件过时的乳白色的女式服装，丝线像月光一样闪闪发亮。她用一只手托着另一只手，手腕上戴着一块窄窄的银表，手指间夹着一支香烟。指甲油和口红都和她的高跟鞋一样红。

"吸烟不健康哦。"女孩说。

女人微笑着点点头,叹了口气,在地板上坐了下来,所有的木偶都自觉地给她腾出地方来。她穿着红色高跟鞋的双腿像鹿腿一样挨在一起,手里拿着一个银色的烟灰缸,她打开烟灰缸,把香烟掐灭。

"你说得对,吸烟是不健康的。但在我那个时代大家都这么做。"

"在您的时代?这句话是什么意思?"

"是呀,亲爱的,你在想什么呢?我已经死了很久了!"

女孩打了个寒颤,不知该如何接话。

"不要害怕,小姑娘。"李丝公主又说,此刻,她正像中国公主那样跪坐在女人旁边。

"您是谁?"女孩轻声问道。

"我叫哈图。"

"哈图?"

"听起来很好玩,是不是?"女人朝女孩微笑着说道,"我姐姐取了这个名字。我的原名叫汉娜萝蕾,可是我姐姐还是个孩子的时候发不出这个音。"

"哈图,"女孩重复道,"我觉得这是个美妙的名字。"

"哈图,"耳边传来一声低语,"你睡着了吗?"

哈图好容易忍住笑。她仰卧着,一片云飘过,遮住了阳光,在她紧闭的眼睑上投下了阴影。不一会儿,她的皮肤又感受到了阳光的灼热。草刮挠着她裸露着的胳膊和赤足,她闻到了无风的温暖草地的气味。四周只有蝗虫响亮的"唧唧"声可以听到。有时,蝗虫就像屏住呼吸一样,沉默良久,周围便是一阵死寂。她想象着上帝俯视着高高的草丛中的她们,她们躺在那里,身穿相同的收腰连衣裙,系着红色围裙,那是她们的母亲在节日里专门为她们做的。她想象着,从高处看下来,她俩就是两个躺在草地上的玩偶。三月她就满八岁了,姐姐已经九岁了。她真的非常爱乌拉,这种感觉如此强烈,强烈到一股暖流从胸腔里升起。

"我要告诉你一个秘密。"哈图低声说道。

"什么秘密?"姐姐紧紧贴着她的耳朵,轻声回问。她感受到了姐姐呼出的热气。

哈图把头转向乌拉,睁开了眼睛。这对姐妹不是双胞胎,但她们非常相像,当她看着乌拉时,总觉得自己好像在照镜子。

"我爱爸爸胜过这世界上的一切。"

"也胜过我吗?"

哈图点头。她很高兴能说出来,并且知道她的姐姐并不会因此而生她的气。确实，乌拉拥抱了她。乌拉不知道她俩就这样在草地上躺了多久，世界似乎静止了。

"哈图，"乌拉忽然轻声唤道，"看那边。"她指着山。

哈图转过身，眯着眼看向山谷。

"太阳刚刚越过那里的山峰。它被称为'十一峰'，因为刚刚正好是十一点钟。现在，太阳正在向茨沃尔弗山（又称"十二峰"）移动。如果太阳超过这个山头，那就是中午了。"

哈图看着山谷中的农舍，看到牧场上的奶牛，全是一个个小点，并注意到布赖塔赫河流流淌时闪烁的清冷的光芒。同时，她看到了母亲。母亲迅速地走上草地，向她们挥手，哈图听到了她的呼唤。

姐妹们从草地上一跃而起，扑进母亲的臂弯中。她们不敢问为什么妈妈这么着急带她们回农家。父亲已经把蓝色的蒸汽动力车驶出了谷仓，正在将行李箱绑在车顶的行李架上。妈妈带着孩子们上厕所，一个好了后在门口等另一个。哈图察觉到不妙的事情发生了，无奈地努力回忆着她们暑期里住了两个星期的公寓：放着煤油灯的餐桌、分为上下铺的两张床、红蓝相间的窗帘、有着一个低屋顶的黑色木阳台。当这对姐妹"吱嘎吱嘎"地走下木台阶时，父亲已经坐在方向盘后，母亲正在敞开的车门前等着把她俩塞到后座上。而他们的房东，那对农家老夫妇——姐妹俩早上总是用破旧的锡罐从他们那里取牛奶——却不见踪影。

父亲在院子里掉头，驶向通往公路的沙路。姐妹俩默默地跪坐在后座上，透过椭圆形的后窗，悲伤地看着长着巨大老栗树的农舍在汽车扬起的尘土中越来越小，仿佛整个假期也这样慢慢消失在视野中。

"你能找到我真的很神奇，"哈图若有所思地说，"这是一栋非常古老的房子，到处都是暗门和楼梯，建于中世纪，墙壁很厚，也没人知道这些走廊的用途。从来没有人到我这里来。不过来的话也得先缩小。"

"缩小？这是什么意思？"

"亲爱的！你没发现我巨大无比吗？"

哈图又拿起一支烟，用银色烟灰缸旁的银色打火机点燃。烟雾在月光中升起，女孩注视着它，直至薄薄的灰色烟雾消失在漆黑的、高耸的屋顶架之中。女孩害怕地点点头。

哈图微笑着摇了摇头，好像对一个不谙世事的小孩一样。"木偶没有你那么高，亲爱的！你现在和它们一样小了。这些木偶都是我做的哦！"

哈图自豪地用夹着烟的手指指向身边的一圈。

女孩已经完全忘记了那一大堆提线木偶，这些木偶正悄无声息地注视着她俩。

"这些是您做的？"

哈图点点头。

"我爸爸曾经给了我一张《小纽扣吉姆》的 DVD。"

"然后呢？你喜欢吗？"

"喜欢是喜欢的，但我已经不是小孩子了。我十二岁了。"

哈图笑着摇了摇头。"你当然是个孩子了，而且现在还很小呢。当时你有没有和你爸爸一起看《小纽扣吉姆》呢？"

"爸爸很久没有和我们一起住了。"

哈图默默抽着烟，打量着坐在自己面前这个月影中的悲伤少女。当她把烟在小小的银色烟灰缸里掐灭后，她说："和所有的孩子一样，我也有一个父亲。他离开时我比你还年幼很多，当时我不知道我是否还能再见到他。"

女孩好奇地看着女人。"他为什么走了？"

"他不得不奔赴战场。"

谢天谢地！来电报了！

奥古斯特·克拉泽尔特在多瑙沃特大街的院子里等候他们。屋主是一名光头造车匠，为他们提供住处。他与妻子乌西和小西奥住在一楼。房子后面是他制造巴士的车间和大厅。父亲没有浪费时间寒暄,而是立即开始解行李箱的绳子,将它们从车顶的行李架上取下来。

夏季的炎热在公寓阴暗的房间里持续了两周。母亲打开百叶窗和窗户,开始在厨房里做午饭,父亲关在浴室里,哈图从一个房间踱步到另一个房间,惊讶于自己对一切已感到陌生:餐厅圆桌上的白色针织桌布,客厅里深色书柜旁边的沙发和钢琴,父母卧室的百叶窗紧闭,微弱的光线洒在金绿相间的床单上和精致梳妆台的镜子上。就连她自己的房间在她眼里似乎也变了样。乌拉躺在床上看书。哈图坐在地板上,拿出她两周未见的娃娃。

但她总忍不住想起这趟旅程,想到蒸汽动力车的车速表指针如何地颤抖。莱希河畔的兰茨贝格、伊格灵、考费林格——掠过。一架大型军用飞机在莱希菲尔德军用机场的上方呼啸而过。母亲问是不是要去波兰,父亲没有回答。姐妹俩注视着这架飞机——配有一个玻璃机头和两个螺旋桨,方向舵上印有红色的卐字,看着它笨重地盘旋在万里无云的天空中。她们又看到了第二架、第三架飞机,然后飞机就从她们的视野中消失了。不久之后,西本蒂施森林出现在右侧,她们有时会在周日去那里散步,然后是红门。尽管哈图刚刚还在为离开森林边的草地而感到难过,但她现在很高兴再次看到这一切。佩拉赫塔和市政厅上似乎悬挂着比平时更多的卐字旗,红色的旗面鼓起来,在热浪中紧紧地靠在一起。奥古斯都喷泉空无一人，霍恩街的商店前看不到任何人，街上也几乎没有汽车。

吃饭的时候，父母一句话也没说，姐妹俩也不敢问到底是怎么回事。大家吃着炸土豆配培根，只能听到餐具的咔哒声。后来，当父母把她们叫到走廊时，她们才意识到发生了什么事。一整天的紧张感消失了，哈图哭了起来，她垂着胳膊抽泣，整个小身体都在颤抖，泪水滴在紧身裙外的红色围裙上，她透过泪水看着现在站在她面前的父亲，感到陌生，父亲穿着制服——一件配有灰色金属纽扣的灰色夹克，胸前饰有纳粹标志的银制的鹰，她又泪眼蒙眬地看到了以前从未在父亲身上见到过的灰色裤子和黑色靴子，以及头上的钢盔，她知道，这就是战争，现在正是战时。父亲蹲下来拥抱哈图。过了好久，她才停止哭泣，父亲一直抱着她，等她哭完。临走前，父亲用手帕擦去她脸上的泪水。

厨房里很热，又热又安静。对哈图来说，似乎不是风，而是炽热的阳光翻动着、摇晃着敞开的窗户前的薄窗帘。父亲离开已经快一年了，今天她尤其想他，眼睛无助地东张西望。乌拉坐在厨房桌子的一角，她的头低低地垂向她的笔记本。哈图抚摸着花油布。水槽旁的母亲正从豆荚中摘出豌豆，这是父亲的一位同事从自己的小菜园里摘下后带来的。在母亲头旁边的架子上放着一个扁平的铜碗，里面是父亲的战地信件。打波兰，之后打丹麦和挪威，还有在法国的战役——时不时就会收到一封信，他总是写信说他很好。最近，他驻扎在加来。"你们别担心。亲亲我的宝贝女儿们。"

在炎热的天气里，母亲只穿着一条轻便的围裙和哈图非常喜欢的黄色小拖鞋。与所有其他母亲不同，她留着一头浅金色波浪短发，为了打理头发要花大量的时间。母亲曾经是一名戏剧演员，哈图认为，自己的妈妈比她朋友的母亲漂亮得多。

"昆虫在一滴水中便感到如此幸福，就像在天堂一样。"母亲平静地说，没有从豌豆上抬起头来。

就像能读懂哈图的想法一样，母亲像往常一样开始朗诵一段文字，哈图的悲伤也就烟消云散了。即使她一直记不得这些句子来自哪出戏，也能牢记这些句子。

"直到他听说了有舰队和鲸鱼玩耍的大海时，才会如此高兴和幸福！"

鲸鱼在大海里玩耍。哈图听到这句话总会会心一笑。这时，母亲转身看着她的两个女儿，一手拿着菜刀，一手拿着豌豆荚，冰凉的水在她的手指上闪着光。突然，她不再刻意改掉她的维也纳乡音，用充满阳光和魔力的声音继续大声地说话。

"把他带走吧,夫人!我自愿向您交出这个男人,这个用地狱的钩子从我流血的心脏上扯下来的男人。"

女孩们张着嘴看着她们的母亲。哈图多次听说过年轻的柏林女演员罗斯·莫宁如何遇到同样年轻的演员沃尔特·欧米臣。两人如何坠入爱河并在多个不同的剧院里一起演出过,直到他们最终来到奥格斯堡。以及母亲如何不得不放弃她的事业,因为那里不会雇用已婚夫妇,那个"鲸鱼玩耍的大海"。

"哈图?你在神游吗?"她笑着问道。

"怎么这么问?"

"那你应该过来帮忙,发什么呆呀!"桌子另一端的乌拉叫道。

"到克拉泽尔特那儿去,拿一张配给卡,赶紧去买一块黄油。"

"乌拉不能去吗?"

"她得做家务。"

乌拉冲她做了个鬼脸。

"背着背包的白痴!"哈图大叫着跑进了客厅。她知道这能让她姐姐很恼火,她已经能听到身后地板上响起了跺脚的声音。

她们在公寓里追逐打闹。最后,哈图把自己关在房间里,背靠着门,直到她的母亲勒令她们中的一个回去做作业，另一个才离开。

当哈图按响一楼的铃时，乌西·克拉泽尔特解释说，她的丈夫在车间里。于是哈图跑过庭院，来到木材商店旁边的大型车间的大厅里，那里的门在高温下敞开着，可以听到制造汽车时响亮的撞击声和焊接设备的嘶嘶声。哈图一进门，小西奥就抓住了她，这是造车匠的儿子，他今天也穿了一件希特勒青年军的制服在这里闲逛，好像他没有朋友一样。他比哈图大两岁，短裤下露着小腿上的白肉。

"你爸哪儿去了？"

"那你爸哪儿去了？我敢打赌他现在好得很，他可能还没有开过一枪，就只是拍拍照。他肯定是以古德里安为例，学着怎么用坦克把法国人赶到他面前。"

"哈！快别说了。"

哈图看到奥古斯特·克拉泽尔特出现在一辆汽车后面，他一如既往地穿着灰色的工作服，手里拿着方格手帕，用它擦着光头上的汗水。配给卡放在房主工作服的口袋里，哈图很快走出了大厅，很高兴她能摆脱西奥了，他在她身后喊着些什么，哈图也听不明白。

中午时分，多瑙沃特大街几乎空无一人，没有汽车的声音，人行道上只有她一个人。但突然，哈图听到天空中传来一声沉闷的轰鸣，而且声音越来越近。她跑到马路中央，抬头看天，轰鸣声越来越响。在又远又高的上空——

人们意想不到的事发生了——三架飞机出现了,慢慢地飞过哈图,在她看来,天空就像大海,那片鲸鱼玩耍的大海。

飞机已经消失了,哈图还站在炎热空旷的街道中央,突然有什么东西爆炸了,一次,两次,一次又一次。爆炸声如此之大,吓得哈图跪倒在地,捂着耳朵尖叫起来。

女孩吓坏了,双手捂住耳朵,仿佛在漆黑的阁楼里还能听到当时的爆炸声。她睁着大眼睛,看着静静坐在她面前的女人,而女人仿佛什么都没有发生过。

"我想,"她若有所思地说,"是时候告诉我你为什么会在这里了。"

但女孩不知道她为什么会在这里。她迷路了,就这么简单。从每隔一个周末就要和她一起度过的父亲身边逃走。在这个陌生的城市、陌生的公寓里,她连自己的房间都没有,只能睡在客厅的沙发上。

"我的爸爸……"女孩说道,又沉默了下来。

"怎么了呢?"

"我爸爸现在住在这里。但我和妈妈住在法兰克福。"

"你父母分手了?"

"离婚了。"

"你不想来这里吗?"

女孩摇摇头。

"你了解奥格斯堡吗?"

女孩想了一下。她从来没有对她父亲现在居住的城市感兴趣过。父亲来火车站接她,然后去他的公寓,女孩从未注意过这里的街道和房屋。

"不了解吗?哎,真遗憾。在我小的时候,在战前,奥格斯堡是一座美丽的城市。那里有最宏伟的老房子,还有莱希河。当你看到远处闪烁着白色光芒的阿尔卑斯山时,会感叹它是如此美丽!在我小时候,有时会来一个有大象和小丑的马戏团,每年夏天还会有旋转木马,还有秋千船、射击场和糖果摊。还有一次,木偶剧院进城了,还有吉普赛人和流浪汉呢。"

"现在我们不说'吉普赛人'了。"

"但人们当时是这么说的。这个词曾经让我们有点不寒而栗,因为老人说吉普赛人会偷孩子。"

"那不是真的。"

"当然不是。不过我们仍然想象着被一辆吉普赛篷车带走会是什么感觉。但我想跟你说的不是这个,我只是想告诉你我是怎么第一次看到木偶的。吉普赛人在城市公园扎营,离这里不远,我们这些孩子只是坐在草地上,我不记得有没有帐篷了,但我记得一个小丑和一个警察,格蕾特和祖母。小丑总是打所有人的头,除了格蕾特。我们笑得停不下来。我想知道木偶表演师后来怎么样了。"

"怎么了呢?"

哈图悲伤地冲女孩笑了笑。"所有的吉普赛人都去了集中营。"

尽管女孩对"集中营"这个词一知半解,也仍有一种毛骨悚然的感觉。她不安地环顾四周,围成一圈的木偶依然环绕着她俩,仿佛在密切注视着正在发生的事情。女孩一看向老仙鹤,它就用修长的双腿小心翼翼地朝她走几步。头从左到右,又从右到左地摆动起来。仙鹤艰难地弯起长腿,在她身边坐下,疲倦地把长长的红色的喙搁在地上。

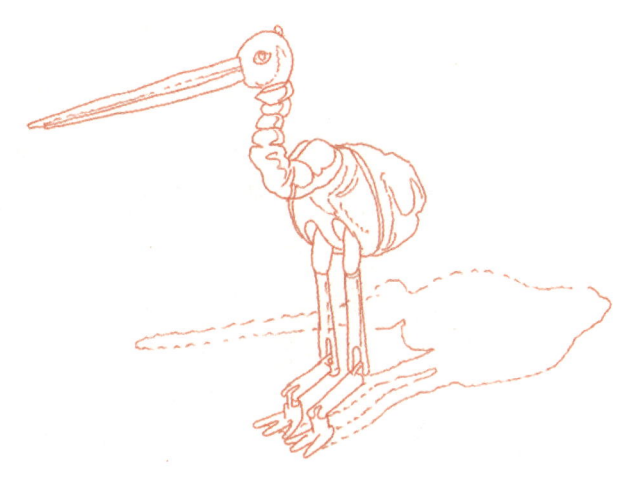

"不同种族的通婚，"生物老师说，"珍贵的雅利安血统。"

但哈图无法集中注意力。在这个昏暗的秋日早晨，街道上起了雾，教室里的球形灯将它们没有影子的薄光投射在斯泰顿学院的学生身上。在卡片架上放着和过去几周一样的卡片。上面用血红色的花体写着"纽伦堡法"字样，下面写着"德国血统""一级混血""二级混血"和"犹太人"。哈图盯着卡上的线圈陷入沉思，圆圈被线连在一起，又延伸出新的圆圈，之前哈图剥豌豆时和在孟德尔神父那里已经了解了一些。卡上还写着"祖父母""父母""孩子"。雅利安人为白色的圆，犹太人为黑色的圆，还有一半白色的圆和四分之一黑色的圆。旁边写着"允许结婚""禁止结婚""孩子成为犹太人"。

"犹太人……"菲舍尔博士说道。每个人都称他为"榆木白痴"。哈图的思绪再次游荡。弗罗尼·施威格勒，原名维罗妮卡，是她最好的朋友，正小心翼翼地在课桌上弹空气钢琴，哈图忍不住看着她的手指在想象中的琴键上滑过，有时有力，复又轻柔。菲舍尔一如既往地穿着制服，现在又回到了他最喜欢的话题——在纽伦堡举行的纳粹党集会。他 1935 年时曾在那里，现在又再次对希特勒青年团和德国少女联盟的游行赞不绝口。希特勒曾经坐着他的敞篷奔驰车经过菲舍尔，他曾一度非常接近我们的元首。阿道夫·希特勒看到了他。

"保护德国血统和德国荣誉的法律获得一致通过。从那时起,所有危及德国血统纯洁的婚姻都被禁止,不仅包括犹太人,还包括吉普赛人、黑人和他们的混血儿。"

哈图的目光扫过同学们的背影,最终停在了第一排窗边的座位上,坐在那里的是小小的马尔加·奥缪勒,今天穿着绿色开衫。这里曾经是贝尔纳黛特的座位。夏天的时候,她和弗罗尼有时会在游泳池遇到贝尔纳黛特。后来犹太人被禁止去游泳池,再后来她就不再上学了。朋友们本来打算找一天去她家看望她,但总是忘记去。

斯泰顿学院是一所女子学校。这座古老的红砂岩建筑有一个面向街道的海湾塔和一个陡峭的山墙,正面通向马丁路德广场,以前以广场中心的喷泉柱上的圣安妮命名。今天和往常一样,哈图放学后在这里等弗罗尼。她看见弗里德曼老夫人走过。她戴着一颗黄色的星星。哈图认识弗里德曼夫人和她的丈夫,因为他们以前都住在学校旁边华丽的房子里,老夫人现在正注视着这栋房子。她经常站在门前的宽阔台阶上和学生们交谈,而现在百叶窗都关上了。母亲解释说,他们不得不卖掉这间房子。他们想带着钱移民,但显然他们没有成功。弗罗尼站在哈图身后,双手蒙住她的眼睛。

"你在看哪里?"

哈图抖开弗罗尼的手,发现弗里德曼夫人已经消失了。

"你还记得吗?"

"贝尔纳黛特?"

"我们去看看她吧。"

窗外的夜色如以往一样漆黑,因为轰炸,所有的东西都要被遮暗,所有的路灯都熄灭了,车前灯都被贴成了细细的一条缝。走廊里,一道微弱的光从门下射入房间,这让哈图平静了下来——她根本无法入睡。她听见母亲在厨房里来回踱步。哈图整天都在想着贝尔纳黛特。此时此刻,她想知道父亲在哪里。她非常想念他,甚至有时会生他的气,这种情绪让她害怕。

"你已经睡了吗?"

窗户另一侧姐姐的床上只传来一声低哼。

"西奥说爸爸不是真正的士兵,他只是个摄影师。"

"嗯。"

"你认为他开枪杀人了吗?"

哈图感觉到姐姐现在醒了,尽管她没有说什么,也没有动。

"你知道犹太人会被带到哪里吗?"

她听到乌拉摇头。这很奇怪,因为她在黑暗中看不到东西，实际上她也听不到任何声音。

贝尔纳黛特的父母在马克西米利安大街上拥有一家鞋店，他们不得不卖掉这家鞋店，但店名仍然保留了下来，就像中央百货公司一样。这家百货公司曾经属于兰道尔兄弟，几年前他们移民到国外了，哈图的母亲对哈图解释过。每当母亲需要其他地方没有的东西时，她都会说：我们去兰道尔吧。也许贝尔纳黛特也"移民"了，哈图尝试说这个新词，当她看到马克西米利安大街上的喷泉塑像正在被拆除时，她停下了脚步。工人们默默地把塑像打包好，他们蓝色的布衣在细雨中显得越发暗沉，奥古斯都像先是放在市政厅前的稻草中，然后被装进一个大盒子里，再被锤子"咣咣"地钉上。

哈图和弗罗尼已约好了在火车站见面，大门上悬挂着一条横幅：为了胜利，滚起车轮。她们都穿着德国少女联盟的制服：深蓝色的裙子、白色的衬衫，戴着饰有皮制蝴蝶结的的黑色围巾——之后还要参加晚会。她们步行到阿道夫-希特勒广场（大家一直都称之为"国王广场"），然后穿过西斯格拉本，很快就到了哈尔大街。

14号房是位于街道左侧的一栋狭窄的四层高的建筑，建于奠基时代。当她们站在它面前时，哈图不再确定来这里是不是个好主意。一颗用硬纸板做成的黑色犹太星被一根长长的钉子钉在门上，覆盖在门铃上的玻璃纸被尖锐的物体划破，名字都快认不出来了，仿佛这里已经没有人住了。不过她俩还是看出了她们的寻找目标：波拉切克之家。哈图按下门铃按钮，却听不到屋内有任何动静。女孩们等了一会儿，不知道现在该怎么办，然后弗罗尼敲了敲大门。还是没有任何动静。哈图果决地按下把手，门好像是自动打开了一般。她想，好吧，除了进去，我们别无选择了。

箱子和家具随处可见，在门前甚至楼梯上都堆得很高，只有一条小道是空的，晾衣绳上挂满了衣服，用一些乱糟糟的钩子固定着，一直延伸到楼梯间。这房子从外面看起来很安静，里面却充满了噪声。女孩们听到餐具的碰撞声、类似家具被移动的声音，以及某个小孩的尖叫声。女孩们不知道贝尔纳黛特住在哪一屋或曾经住在哪一屋，也不敢敲隔壁的门。哈图默默地指向楼梯，弗罗尼睁大眼睛点点头，勇敢地抿住嘴。她们悄悄地爬到一楼。楼上的一切都像楼下一样：破家具、换洗衣物、紧闭的门，以及身后杂乱的嘈杂声。女孩们还在犹豫现在该怎么办时，她俩身前的那扇门后的碰撞声和咳嗽声突然消失了。

一个男人的歌声传来——先是低声的，然后越来越响亮——唱着陌生的、听不懂的词句，带着哀怨、拖沓的声调。女孩们听得忘记了恐惧，许久没动，直到门突然打开。一个驼背的、皮肤蜡黄的老人站在她们面前。她们本以为他会问她俩来这儿干什么,但他的目光直接越过了她俩。他的裤子太肥了,只能用一条旧皮带束起。他没有注意到两个女孩,悄悄地从她们身边走过。但哈图认出了他,过去的记忆让她愣在原地。

某个清晨,她和妈妈一起去买东西。突然,人行道上出现了玻璃碎片,在她的鞋底嘎吱作响。过了一会儿她才意识到这是来自她们经过的商店的窗户。门上到处都画着大卫之星。母亲拉着哈图的手继续往前走。一辆小型的两轮马车前的马受到了惊吓,哈图看着这匹马大眼圆睁、眼神狂乱。然后她们来到一个男人面前,他跪在自己商店橱窗的碎片中,在玻璃橱柜和货架的残骸中,还有被撕碎和踩烂的帽子——它们昨天或许还被精心安置在架子上呢。此刻在哈图眼前的就是这个男人。

哈图忍不住盯着他看,有人叫她的名字,一声,两声,她努力从回忆的画面中挣脱出来,回头看向弗罗尼,但叫她的并不是她的朋友。弗罗尼站在她旁边,凝视着公寓,房门大敞。哈图紧张地追随着她的目光。通过一条狭窄的走廊和敞开的双扇门,她看到了曾经是豪华起居室的内厅,但现在被床、橱柜、一张小桌子和一个婴儿围栏占满。一根烟囱管蜿蜒地穿过高高的房间,直通其中一扇窗户,然后在缺了一块玻璃的地方伸向外部。沉默的人盯着两个女孩。唯一不害怕的是一个高大的男人,他站在门边,灰白的头发上戴着一顶小帽子,破旧的西装上围着一条白围巾。不知道为何,哈图此时突然肯定她们听到的就是这个男人的歌声。

"汉娜萝蕾!"

又是她的名字把她从思绪中拉了回来。众人之中,一个女人用力地挤上前来,站在公寓门前。

"弗里德曼夫人!"

"你在这里做什么,汉娜萝蕾?如果别人发现了,你就要去卡岑施塔德了。"

"什么是卡岑施塔德?"

"你不知道吗?就是盖世太保监狱啊。"

哈图摇摇头。她感觉到公寓里所有人的目光都集中在她身上。"我们想来看看贝尔纳黛特,贝尔纳黛特·波拉切克。"

那个高大的男人此时正紧紧地注视着她。哈图听到他宽阔的背后传来耳语。

"贝尔纳黛特已经不在这里了,"弗里德曼夫人很快地说道,"她很安全,在美国,和她的父母一起。"

美国。哈图在心里重复了这个词:美国。"在奥格斯堡,"弗里德曼老夫人说,哈图看着她颤抖的、张开的双手,"我们中的所有人都还活着。"

"所有犹太人?"

当弗罗尼说出这句话时,哈图不知为何感到一根针刺入了心脏。弗里德曼老夫人一脸惊恐,无力地垂下了双臂。

哈图鼓起了所有的勇气。

"然后呢?"她结结巴巴地问道,"其他人呢?"

耳语停止了,高大的男人低下了头。弗里德曼老夫人却突然露出淡淡的笑容。这个笑容在沉默中延续了很长时间。

"你们现在得走了,"她和蔼地说,"而且不要再来了。你们能答应我吗?"

哈图点头。她的喉咙哽住了。

"你知道吗,在安息日,"弗里德曼夫人带着那一抹歉意般的微笑说,"拉比为每个不能再去犹太教堂的人念诵卡迪什。"

"卡迪什?"哈图小声问道。

"为我们的死者哀悼的祈祷文。"

沉默的木偶依旧站在圆形月影的周围,仿佛在等待着什么事情发生,突然其中一个木偶踏入了月光之中,从李丝公主和女孩旁边屈着腿坐在地上的老仙鹤身旁走过。它是一个有着金色头发的小男孩,穿着浅绿色的阔腿裤和同样是绿色的衬衫,纽扣一直扣到上方,还披了一条长长的黄色围巾。它迈着踌躇的脚步走进了月影之中,月光和它乱糟糟的一头金发交织在一起,它在月影中坐下,开始用它木制的手抚摸地板,仿佛它可以抓住月光,仿佛它在思考或在做梦,仿佛它在等待着什么。

俊美的脸庞上,眼睛没有眨动,嘴巴也没有扭曲。只有看不见的时间在流逝,过了一会儿,小男孩又站了起来,仿佛突然想起了什么。它目不转睛地望着月影,开始四处走动,忽然停了下来,又走起来,又停了下来,急促地抬了抬头,好像发现了什么,便跑上前看了看,又继续走起来,它只在光圈之内走动,仿佛它的世界里只有它孤身一人。

"这是谁?"女孩轻声问道。

"小王子。"哈图回答。

"它在干什么?"

"它在找飞机,或者狐狸,或者它的玫瑰,它太孤独了。"

"进去啊!"

乌拉推了一把旁边的妹妹,但哈图摇了摇头,站在门缝旁。在餐厅里,客人们已经围坐在喜庆的餐桌旁,谈论着战争、不列颠空战、大放厥词的戈林以及美国人参战的可能性。哈图只能看到她的父亲。他是昨晚回来的。当他突然站在女儿的床之间时,她们已经睡着了。陌生男人被走廊投来的微弱光线照射着,吓了哈图一跳,但随后姐妹俩同时挂到了他的脖子上,紧紧地抱住了他。

早上她的第一个念头是,也许她只是梦见父亲从战场上回来,实际上他就坐在厨房的桌子旁。而现在他正坐在那里,坐在想要庆祝他归来的客人中间,安静而疲倦,甚至有点昏昏欲睡。从他穿上军装、战争打响开始已经一年多了,现在还穿着这件军装,仿佛马上又要离开了一样。想到这里,哈图害怕了,鼓起勇气走了进去。

"快看!谁来了?"

她不认识和她打招呼的这个男人。赫尔穆特·顺格尔是一位来自柏林的电影制片人,是母亲的老熟人。他在她父亲旁边正襟危坐,肚子把西装背心撑了起来。父亲向哈图招了招手,哈图便走过去依偎在他的臂弯中。马沙尔一家也在,艾迪是剧院的轻歌剧歌手,他的妻子希尔德坐在哈图的母亲旁边。他们的儿子汉斯是一个瘦高的男孩,头发精心梳理过,细细的脖子上围着一圈宽大的衬衫领子。

每个人都想从父亲那里知道他和剧院的情况如何。我被归入了"免役"一族,父亲用简略的词语回答道。"免役"意为"免服兵役",因为帝国剧院是他"不可放弃"的一部分。所以他将再次以演员和导演的身份工作。

"如果他们关闭剧院呢?"希尔德·马沙尔问道。

她的丈夫摇摇头。"元首的指示:德国最现代化的舞台仍然开放,"他巧妙地模仿希特勒,"剧院工作是对人民的文化服务!"

每个人都笑了,但艾迪严肃地看着父亲:"你现在必须入党了,沃尔特!"

沃尔特·欧米臣没有回答,顺格尔切换了话题,谈到了战时拍电影的困难。虽然他最近转战童话电影,但他似乎知道帝国首都的光鲜亮丽的电影世界,女人又问起了扎拉·林德和玛丽卡·洛克,谈论起剧院的八卦和共同的朋友。在谈话时,有时话题会不可避免地落到一个人头上,当这个人忽然被问倒了,大家都会陷入沉默。就在这时,哈图注意到汉斯带着调皮的笑容看着她,不由得脸红了。当下一个问题划过寂静的上空时,她才将视线从他身上移开。

"你不想告诉我们你在战争中的经历吗,沃尔特?"

想知道这个问题的是希尔德。哈图看到母亲把她的刀叉放回盘子里,紧张地看向她的丈夫。他只是摇摇头,喝了一口葡萄酒,晃动着手中的酒杯,仿佛在思考。然后伸手从他的制服外套里拿出一包朱诺牌香烟,拍出一支烟并点燃。

"姑娘们,你们喜欢看电影吗?"顺格尔在父亲的沉默中问道。

"是的,非常喜欢!"乌拉笑容满面地对电影制片人说。

顺格尔满意地点点头,把手伸进细条纹夹克的内袋,掏出一包彩纸。"你们知道《坚定的锡兵》,对吧?我把它拍成了电影。明天在我们奥格斯堡有首映式。这些免费票是给你们的。"

"真是太有心了,这对孩子们来说肯定是一次美妙的经历。"母亲感谢道。

赫尔穆特·顺格尔举起酒杯。"欢迎回来,沃尔特!你健康地回来了!"

莫里茨广场上的国会大厦是奥格斯堡最古老的电影院,它由一座贵族住宅改建而成,有着高高的山墙。正门前的入口安放了四尊雕像,正透过飘落的雪花俯视着穿着大衣、戴着帽子的观众,他们簇拥在贴着海报的灯箱前。国会大厦这个称呼只有短短几年的来头,电影放映是在山墙的顶部。引座员带着哈图、乌拉和她们的父母来到座位上——电影票已经售罄了。他们可以向赫尔穆特·顺格尔挥手,顺格尔正和他穿着燕尾服的上流社会的同伴坐在前排，然后现场就暗了下来，《新闻周报》里细弱无力的军号声让观众停止了嘀咕。前线的报告一闪而过。哈图看到电影院的灯光在她父亲毫无表情的脸上闪过。

"从前有二十五个锡兵，都是兄弟，因为他们是用一个大的旧锡勺做成的。他们把步枪抱在怀里，面朝前方。"叙述者的声音十分低沉，屏幕上幽灵般的光使哈图着迷。屏幕上出现了锡兵，还有芭蕾舞演员，哈图特别喜欢。芭蕾舞演员很漂亮，而且真的会跳舞，尽管她那娇嫩的红唇一动不动，却还是会眨眼睛。但随后出现了一个巨魔，这个丑陋的家伙攻击了一个锡兵，因为它想抓获这个芭蕾舞演员，起初哈图觉得爽快，因为锡兵的二十四名战友赶来帮助他，一颗聚集了火和烟雾的炮弹击中了怪物的身体。但是一个无情的长镜头显示怪物被烧死时痛苦万分，哈图突然为它感到难过。她把脸埋在父亲的肩上。

"怎么样？你们觉得好看吗？"当他们再次走出电影院时，父亲问道。

"一点也不！"哈图依旧愤愤不平，"这不是安徒生童话。童话里没有巨魔！"

父亲若有所思地看着他的女儿们，点燃了一支烟。今天他穿的不是制服，而是戴上了他那顶柔软的棕色帽子，套上了羊毛大衣。他用嘴角叼着烟，把烟盒放回口袋里。

"顺格尔想让我为他工作，"他对母亲说，当烟雾朝他的脸上扑来时，他眯起眼睛看着她，"我应该写剧本，当导演之类的。"

"我觉得好！"

穿着红色短外套、冻得发抖的乌拉，两条腿交换着跳来跳去。冬天在一夜之间降临了，空气冰冷。罗斯·欧米臣疑惑地看着她的丈夫，但什么也没说。当他熄灭香烟时，哈图抓住了他的手。

圣诞树很小，但更大的树也没有了，姐妹俩一遍一遍地把金属丝和球挂在树上。蜡烛里的劣质硬脂燃烧起来噼里啪啦作响，其中一个不断熄灭，父亲只能不断重新点燃它。乌拉用手抚过妈妈为她织的柔软毛衣。起泡酒在细长的金边杯子中闪闪发光，这种杯子只在特殊场合使用。哈图穿着她盼来的靴子穿过客厅。当然，这双靴子是母亲用钱换来的，也许还用了咖啡或糖作为交换。父亲也收到了一件毛衣，母亲收到了一本书，已经翻阅了起来。姐妹俩为父母画了一幅画。画面上是群山，群山上有草地，还有他们在战前度假的农舍。现在已经过去一年半了。这幅画记录了他们开车离开的那一刻，蓝色汽车的排气管冒出了滚滚浓烟。

"那儿还有东西。"

父亲对着树下的两个礼物盒点了点头。姐妹俩兴奋地拆开了彩色的包装纸。里面藏着的是两个刨花板盒子，乌拉先成功打开了她的盒子，里面放着一个小人，小心翼翼地躺在皱巴巴的薄纸上。

"是个娃娃。"乌拉惊讶地说。这个娃娃也太旧了。

"这是个提线木偶。"父亲说。

乌拉小心翼翼地把木偶拿出来。线上的木架在底部发出咔哒声，父亲抓住它并解开了线。这是一个戴着金色王冠的国王。哈图看着她拿到的木偶。她的也戴着一顶王冠，但是由银色的纸板做成的，木质的头被涂成黑色，卷曲的毛线做成了它的头发。

"这些是你自己做的吗？"

父亲点头。哈图小心翼翼地拿起控制木偶的木架，把国王放在地毯上。线一拉动，木偶立刻用它的两只小木脚立了起来，银色的斗篷也在它身上膨了起来。哈图的手一动，它就悬在了空中，仿佛能飞一样。哈图忍不住笑了起来，又将国王的脚着了地。然后她又成功地让木偶向它的金色木偶兄弟鞠了躬。哈图和父亲全神贯注地让两只木偶相互点头、握手。乌拉饶有兴致地看着。忽然，乌拉的国王的金色斗篷掉了下来，幻觉一下破灭了，哈图吓了一跳。她看到粗糙的木条在铰链上摆动，木偶线固定在小金属环上，只剩下手和脸是栩栩如生的。

"别担心，乌拉，我会给你的国王缝一件更好的衣

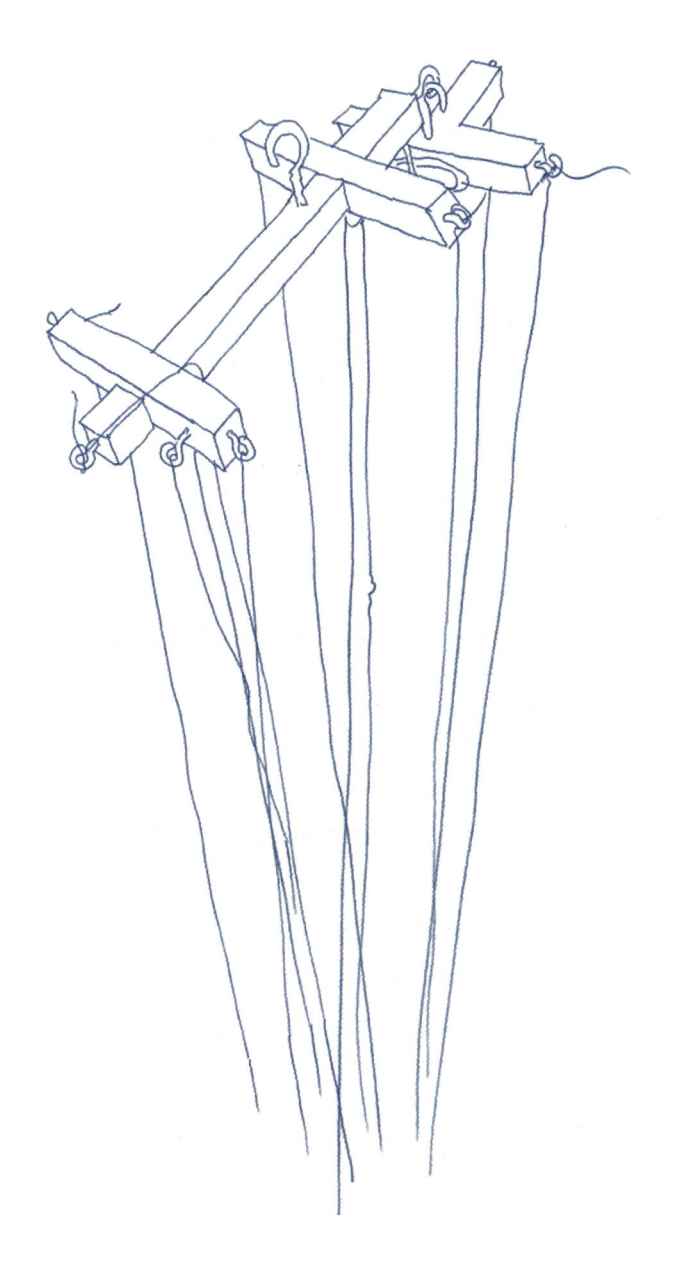

服!"

母亲在沙发上看着两个女儿,带着悲伤的微笑。"这是战争中的第二个圣诞节。"

"是的,但这个圣诞节我和你们在一起。"父亲说道,小心地让赤裸的国王滑到地板上。

"伊内斯的哥哥死于战争。"乌拉轻声说,坐到父亲旁边,依偎着他。

"我们用'牺牲'这个词。"母亲纠正道。

"听起来不像是形容人的?我听不懂。他就是死了。"

"是的。"

父亲点燃了一支烟。"许多人死了,成千上万的人死在那里。也许是人们不愿意想象这个画面,所以才用这个词。"

"这两个人是谁?"哈图问道,手里仍然拿着她的木偶。

"是东方三博士,这是其中两位,"父亲说,"你的是嘉士伯,乌拉的是巴尔塔萨。"

"他们给小耶稣带来了黄金、乳香和没药。"母亲抚摸着父亲的头发。

"夏天在加来的时候,"他开始叙述,"我们住在一所学校里。我们过夜的教室里摆满了小桌子、长凳和椅子。在一个角落里有一个木偶剧场。我们有很多空闲时间,无事可做。所以有一天，因为找不到剧场的木偶，我用硬纸板自己做了一些，在战友面前即兴表演了一番，效果非常棒。"

"怎么个棒法？"他的妻子好奇地看着他。

"这和在真正的剧院非常不同。我用我能找到的所有东西组装起了木偶，都是一些破旧的东西，非常难看，还挂着碎布。然而它们却活灵活现起来。我的战友们，这些经历了所有可怕事情的硬汉，突然又变成了孩子。对于我来说，在舞台上以演员的身份演出都从未如此成功过。"

"当时是什么样的场景？"

父亲摇摇头。"不说了。但我无法忘记表演时一切都脱离现实的感觉。当木偶飞舞、晃动起来的时候，每个人都笑了。"

"我们还要做第三个博士：梅尔基奥，"哈图轻声说，"否则就不完整了。"

父亲若有所思地看着她。

"我们？"他问。

他们被邀请到克罗赫家过新年。沃尔菲和克里斯托夫这两个男孩已经睡着很久了。他们的母亲答应半夜一定叫醒他们，但哈图认为她骗了他们兄弟俩。哈图觉得自己成熟了，因为她第一次被允许熬夜，于是坐在沙发上，挨着乌拉，努力地与自己的疲倦做斗争。哈图喜欢克罗赫的公寓，克罗赫是奥格斯堡有名望的家族，做着烟草的批发和零售生意。这里的一切都与在自己家大不相同。有镀铬的钢椅和涂着白漆的开放式架子，墙上挂着彩色的巨幅画作。只有一点哈图不喜欢，那就是没有圣诞树，只有放着红色小蜡烛的扶壁。弗朗茨·克罗赫是一名摄影师。然而，最厉害的还是他和诗人布莱希特一起上的高中，并与他一起出版了一种学生杂志，尽管只出版了六期，每当父亲问起时，他总是这样强调。

"这是有意义的！"父亲每次都会这么说，还哼着《刀锋马克》这首歌。"《三便士歌剧》！"他在柏林的造船坝剧院观看了首映式。"在奥格斯堡禁演了！"他无奈地说，耸了耸肩。

埃尔纳·克罗赫小时候就读于斯图加特当时新开办的华德福学校，这件事成为当时奥格斯堡小城的热门话题。后来她学习了音乐，并以音乐会钢琴演奏家的身份周游世界。客厅的一角有一架耀眼的黑色三角钢琴，她在晚饭前弹奏了一段，而且因为除夕夜大家都盛装打扮，哈图感觉就像在听一场真正的音乐会。父亲打着领结，穿着白衬衫和晚礼服，弗朗茨·克罗赫系着一条细细的黑色领带，精致的金色眼镜框在烛光下闪闪发光。两位太太都穿着晚礼服，这也是她们坐出租车来的原因。哈图还从来没有坐过出租车呢。埃尔纳·克罗赫看起来和她妈妈很不一样,她留着短发,裙子的领口很深。哈图听着大人们的谈话,直到疲倦地合上双眼,头倒在了乌拉的肩膀上。

大教堂北塔的古老银钟首先响起,再次唤醒了哈图。南塔大而低沉的钟声也可以听到了,随后圣乌尔里希和阿弗拉的钟声也汇入了新年的钟声。昏昏欲睡的哈图看到弗朗茨·克罗赫端着托盘,盘子里放着细长的香槟酒杯,金色的液体中升起闪闪发光的气泡。

"新年要到了!敬1941年!"他的妻子高声说道,举起其中一只酒杯,向她的客人们敬酒,客人们绕着她围成了一个半圆形。

"战争不会持续太久的,"母亲认真地说,将她的两个女儿搂在怀里,"而且我们永远不会失去我们爱的人!"

父亲拿起两只玻璃杯,递给妻子一只。

"敬木偶们!"他说。

"木偶?"

埃尔纳·克罗赫惊讶地冲父亲笑了笑,将自己的酒杯和父亲的酒杯碰出声响。"为什么要敬木偶呢?"

轻柔的音乐从收音机里传来。带有广播电台名称的玻璃制四分之一圆弧状收音机像扇子一样发出柔和的绿色光芒。哈图的头靠在扶手上,一遍又一遍地自言自语:里加、但泽、里尔、的里雅斯特、格莱维茨、贝尔法斯特、霍尔比、布拉迪斯拉发、哥德堡、波森、巴黎、斯德哥尔摩、罗马、基辅、塞维利亚、卡托维兹、贝罗明斯特、贝尔格莱德。父亲为柏林奥运会买了这个设备，上面刻着弧形的"Saba"字样。音乐忽然停了。

"注意！注意！这里是大德意志电台。我们将提供空中情况报告。帝国境内没有敌机。我们向听众播报时间：锣声响起时是14：02。国防军最高统帅部报告：俾斯麦号摧毁了英国战列巡洋舰胡德号。接下来是关于德国伞兵在克里特岛登陆的报告。"

哈图旋转其中的一个黑色旋钮，让钢针在收音机的弧形面上从左到右摆动以调频。有时声音响，有时声音轻得仿佛从很远的距离传来，被以太的"窸窸窣窣"声所覆盖，哈图听到了一些自己听不懂的语言。断断续续的音乐在电波中弱了下去，从远处传来的说话声又像乘着粼粼的波浪一样靠近。然后传来了一个女人的声音，用另一种语言清晰地唱着一首歌的主旋律，之后又换了一种语言，再换另一种。终于，音乐又响了起来，哈图闭上了眼睛。窗外是春天的午后，时不时能听到院子里传来汽车修理厂的敲打声。冷不丁传来四声低沉的闷响：咚、咚、咚、咚。再一次：咚、咚、咚、咚。忽然，收音机响起了一个清晰的声音："英格兰，这里是英格兰。首先是头条新闻。"

然后父亲从餐厅冲了进来,手里拿着一本戏剧台本,关掉了收音机。"这是不允许的,你听到了吗?你不能听这个。"

"为什么不允许?"

父亲只是摇头。

"为什么不允许?"哈图再次问道。

但就在父亲正要回答她的时候,母亲站到了门口,给他们拿来了《奥格斯堡报》。

"看,哈图,你爸爸是个多么有名的人!"

哈图看到了父亲的一张大照片。文章的标题是《75.沃尔特·欧米臣担任首席导演》。哈图阅读了起来。

"我得去排练了。"父亲呼了一口气说道,想要掩饰自己对这份荣誉的自豪感。

"《灰阑记》?"妈妈问。

父母俩面面相觑,弄得哈图无法继续阅读了。

"你现在用的是哪个版本?"

父亲耸了耸肩。"当然是克拉邦德的版本。"

"沃尔特!这是禁止的。"

"那我应该导演什么?这里的垃圾?"父亲生气地把台本扔到地板上。他深吸了一口气:"克拉邦德比约翰尼斯·冯·根瑟的版本要好得多。"

"可是这样你把我们都置于危险之中。"

"你知道我是怎么做的吗?我们演的是克拉邦德的版本但是写的是根瑟的版本。没有人注意到这一点。"

"我不想让你再次陷入战争。"

"谁知道呢,可能很快就结束了。现在赫斯已经飞到了英国。也许事情很快就会改变。"

"副首?"

哈图严肃地看着父亲:"菲舍尔博士说他是幻觉的受害者,因为他之前的战争创伤。"

父亲抚摸着她的头。"他们在剧院里说,他想与英国人为和平谈判。战争失败了。"

"爸爸!隆美尔在非洲驱赶着英国人。菲舍尔博士说最后的胜利近在眼前了。"

母亲摇着头消失在厨房里。父亲带着悲伤的微笑看着哈图,她突然觉得自己很愚蠢。他走到收音机前,重新打开了它但调低了声音。四声沉闷的声音又传了过来:咚、咚、咚、咚。又重复了一次:咚、咚、咚、咚。

"这是英国广播公司,"他说道,坐到了哈图的座椅扶手上,"敲击声相当于摩尔斯电码里的 V。V 的意思是'胜利'(Victory)。"

"这里是伦敦!"

"爸爸,为什么他们不说英语?"

"为了让你听懂啊。"

但也许正是因为她的父亲这么说，哈图反而很难跟上现在广播里说着的话，广播里的声音显得非常苍老和严肃，她的思绪一直止不住飘走。过了一会儿，几句话才清晰地传入她的意识："德国的听众们，当我向你们保证这些胜利——如果可以称之为'胜利'的话——和之前的胜利一样空洞、毫无意义和令人绝望时，你们会相信我的。根本没有纳粹胜利。现在的一切都是血腥的胡作非为，终究会提前结束的。"

话音落下，嘈杂声又变大了。

"爸爸，他这话什么意思？"

"说话的是托马斯·曼。"父亲说着关掉了收音机。

答非所问。哈图等待着解释，而父亲只是再次抚摸她的头。

"现在我真的要去排练了。你想跟我一起去吗？"

她当然想一起去！她喜欢坐在空荡荡的前排座上方的一个包厢里，那里很黑，一直到第三排和第四排之间固定的夹着灯的写字板那里才有亮光，这块板是别人为父亲准备的。

那天下午的表演也在黑暗中迷失了方向，一束聚光将三名演员拉到了舞台前沿：两个拿着长矛的男人和一个年轻的女人。每个人手里都拿着台本，父亲面前也放着一本，他现在正用手比画着指导演员。哈图把头靠在包着软垫的栏杆上。三名演员后退一步，对视一眼，深吸一口气后，女演员开始说话。她是卡罗拉·瓦格纳，哈图见过她很多次，知道现在在演什么。当父亲给出他的手势时，一切都和以前不一样了。卡罗拉·瓦格纳盯着这两个男人，好像他们不应该在她说话的时候逃开。但这一次有些不对劲，哈图能感觉到。

"停！"父亲喊道。

他冲过前面的一排排座位，爬上排练时放置的小台阶，站到了聚光灯下，哈图看着他在和男演员们说话时用手比画着。他们默默地退到黑暗中，现在父亲站在他们的位置上。卡罗拉·瓦格纳看着他，又开始说话了。而这一次，女演员的双手在空中握住，仿佛在坚持着什么，她的整个人物形象都集中表现在她美丽的嘴唇上，哈图却无法留心她嘴里说出的每一句话，因为哈图被今天这种改变迷住了。

"既然没人听见，那我就要在暴风雪中大声诉苦了。听我说，暴风雨！我向你抱怨，雪！云后的星星，听着！还有地底下正在冬眠的生物：鼹鼠、仓鼠、癞蛤蟆，你们这些正在做梦的恶魔，也快醒醒吧！当一个人遭遇不公和恶行时，不要沉睡，不要做梦。你们死在棺材里，身着锦衣和麻衣，晃动着你们颤抖的四肢，如塔钟一般，钟声响起来了，为了暴动而响起来了！起来吧你们！像白色的老鼠穿过雪地一样，在白色的田野上跑起来吧！"

1941年8月的那个夏日，雨燕在无尽的轰炸中尖叫着从院子上空飞过，仿佛无法忍受蓝天。炎热在阳光下闪烁的细小灰尘中升腾起来，车间前巴士的车轮印痕在灰尘中被破坏。嘉士伯弯下腰，用它的木手在沙地上画了一条细线。它的银色王冠在阳光下闪闪发光。然后，它非常小心地在自己站着的圈子里坐下，仿佛它的生命在流逝，它的头向前倾斜，整个身体坍了下来，木偶线在它周围蜷曲着。哈图蹲在一堆木头上，出神地拿着木偶架，低头看着木偶。这是漫长的假期，她第一次感觉到时间在流逝。她说不出"时间在流逝"到底是什么意思，只是觉得时间并不像以前那样不知不觉消失。她继续发着呆，雨燕愤怒地尖叫着划过她的上空。

哈图现在十岁了。此刻，她不由得想起《新闻周报》上的坦克，想起它们向东驶过一望无际的俄罗斯大草原，行驶速度之快，快到从不停下。哈图感到内心的悲伤，悲伤到无法融入这个世界，于是拉起了木偶架的一根线。嘉士伯迅速抬头看向她，好像是在安慰她。

"一个黑人娃娃！"

哈图吓了一跳，抬起头来。

"一个黑人娃娃！"西奥再次轻蔑地说，站在她面前，一如既往地穿着希特勒青年团的制服。

"这不是黑人娃娃。"

她不想和他争论，因为她知道他会说些什么。他会再次取笑他的父亲，说他是一个懦夫，避开前线。她不想听到这个，尤其是在她内心的一切都如此摇摇欲坠的今天。

"它是东方三博士之一。"她轻声说。

西奥紧挨着站在她身前，她怕他踩到木偶，不管是无意还是故意，他都有可能做出这种事。她将木偶架拿高，拉紧了木偶线，嘉士伯跳到她旁边的木桩上。西奥迅速蹲在嘉士伯刚才为自己圈的沙地里，仔细打量着哈图。

哈图慌乱地将头发从脸上拨开。她看到他额头上的细小汗珠，他离她那么近。他用舌头舔了舔厚嘴唇，水蓝色的眼睛一直盯着她。他有着金色的、几乎看不见的睫毛，闻起来一股子汗味儿。他一句话也不说，却笑了起来。而哈图不知道该做什么，只能回以微笑。然后他紧贴上来。坚硬的皮带扣划破了她短裙的薄衣料，木偶"啪嗒"一声掉在了地板上。

哈图动不了。他的嘴越来越近。她明白西奥想亲吻她，并且有生以来第一次意识到她是女孩而他是男孩真正意味着什么。

突然，汉斯出现了，像赶狗一样把西奥赶走了。

自从那天晚上父亲从战争中回来，汉斯和他的父母来探望之后,哈图就再也没有见过他。她抬头看着汉斯。他穿着短皮裤和宽松衬衫站在她面前,尴尬地把头发从脸上拨开。直到现在,哈图才感觉到她心脏的跳动。

"谢谢你。"她说道,转向嘉士伯,把它抱起来,吹掉它银色斗篷上的沙子。

警报声响彻整个大厅,一个巨大的坩埚被推了进来,里面燃烧着金色的火焰。坩埚被巨大的链条和同样巨大的钩子悬挂在起重机上。"榆木白痴"在警报声中大声呼喊着。一个小时前,他把全班带到奥格斯堡-纽伦堡机械制造厂的大门口,带领学生们穿过厂区来到铸造间,这是一个巨大无比的车间,由钢制的支柱和铆接的横梁支撑着。全班同学挤在离地面二十米的由钢制格板铺成的走道上,俯视着乱七八糟的熔炉、工作台、铸造池和成堆的粗钢。坩埚悬在这一切之上。它在钩子上摇晃着,里面的金色火焰猛烈燃烧着,火苗四处窜动,随后,一个三人高的冒着蒸汽、发出"嘶嘶"声的容器被送达他们脚下的目的地。警笛声停止,热量上升,涌向他们,仿佛撕咬着他们的皮肤。

"整个晚上,"老师高声说道,"铁炼成了钢。"

在下面的铸造池里是一个铸模,里面将会流入黄色的、滚烫的钢水。工人们从头到脚都包裹着,穿着厚重的外衣,头戴头盔,面罩遮脸,戴着笨重的手套,握着长杆，在池边等待。坩埚开始倾斜，一股黏稠的钢水涌入其中。亮白色的火花像烟花一样飞溅，落到地上然后熄灭。一个声音——像大雨落在大片的绿叶上一样——向学生们袭来。当这个闪着比太阳还亮的光的池子被完全填满时，空的坩埚又翻了回去，里面仍然发着光。全副武装的工人观察着熔化了的金属。

"现在正在铸造的引擎，""榆木白痴"解释道——他和学生们一样，正目不转睛地注视着下面发生的一切——"有朝一日将成为潜艇的心脏。两个引擎，每个两千马力，这些力量将我们士兵的英勇战斗力带到了所有海域和美国海岸！"

哈图想象着冰冷幽暗的海水，以及水里冰冷的、用钢铁造成的潜艇。想象着潜艇下沉，逐渐陷入黑暗之中。当咆哮的火焰在铸模中伸出火舌时，灼热的铸造池肉眼可见地变空了，直到完全清空。钢水会带来什么？冰冷的海水会带来什么？飞溅的火花会带来什么？深海的黑暗又会带来什么？哈图想象一艘船，如果从下面看它——就像从潜艇上看一样——看到龙骨在浅水区的亮光中划过，看到鱼雷如何钻入船体并将其撕裂，看到死去的人漂浮在水里，在那冰冷的海水中，他们的皮肤像牛奶一样白，头朝下、伸着胳膊，仿佛海中的提线木偶。

"看那儿！"

一个学生伸手向下指,随后,站在距铸造池二十米的围栏上的哈图也发现,在铸模的几个开口处,发着光的钢水出现了小坑,好像在漫长的时间里穿越黑暗,光明再次出现,然后光线越来越强。铸造结束了。只有当现场的一切都冷却下来后才会知道是否大功告成,工人们得过几天才能拿掉铸模。这种铸模是纯沙制成的,和所有海浪卷过的沙子是同一类东西。

国王广场上,圣诞市场的摊位挤满了人。由于限电规定,今年没有张灯结彩,只有之前关掉的小灯逐渐被点亮,它们的光稀疏地洒在胡椒蜂蜜饼和烤苹果上。供货很稀少,许多配料都是定量配给的,不过摊位上还有自制商品、木制玩具、金纸做的天使、毛衣、羊毛手套、罐装果酱。仿佛一切都和往常一样,奥格斯堡人裹着大衣,溜达着走过这些小摊子。应该快要下雪了。一支国防军乐队携一幅《耶稣诞生》画,在一棵装饰过的、有节日气氛的圣诞树下演奏圣诞颂歌。他们乐器的黄铜在暮色中闪闪发光。带有卐字符的红旗似乎都添上了圣诞气息,旗子的红色部分不再那么耀眼,白色的圆圈变得暗淡。乌拉和哈图手挽手从一个摊子逛到另一个摊子。妈妈告诫她们不要逗留太久,今天在火车站,奥格斯堡的每个孩子能拿到两公斤苹果,所以她们也该去排队。但她们想先买胡椒蜂蜜饼。

正当乌拉把钱交给摊主时,哈图告诉她,汉斯可能也在这里。她说得很平静,没有看她姐姐。乌拉应了一声。哈图没有告诉姐姐夏天她和西奥发生的事,她也从来没有问过汉斯当时为什么会突然出现。但之后发生的一切都由此而起。从那以后,他们有时会在放学后见面。而且他们俩都非常小心翼翼。

"他在那儿!"哈图从袋子里拿出一块胡椒蜂蜜饼,开心地说。

汉斯已经发现了她们两个。他从自行车上下来,对哈图微笑,女孩们也向他走来。当乌拉向他解释她们因为苹果马上要赶去火车站时,汉斯只是点点头。她们刚离开国王广场,黑暗就将她们吞噬了。没有一盏路灯亮着,霓虹灯牌也关掉了,公寓的窗户都贴上了胶带或挂着厚厚的窗帘。

车站广场也是一片漆黑,接待大楼的铁柱之间的横幅几乎看不清了,旁边的孩子们已经排成了一条长龙,有的父母跟着,有的没有,队伍排到了车站的拐角处。乌拉、哈图和汉斯默默地排起了队,与其他人一起在寒冷中缓缓向前挪动。夜幕降临在铁轨上,时不时有火车呼啸而过。

过了好一阵子,他们才能看到发货的货车,货车上挂着"国家社会主义人民福利"的白底黑字横幅,工作人员正在分发苹果。当他们伫快要排到时,一辆卡车从火车站广场开出,并在转角处拐弯,停在了他们旁边。硕大的引擎空转着,带动着车身不停地晃动。与此同时,肩上扛着枪的警察从警卫室跑了出来,警卫室的门大敞着,里面的光投在路面的碎石上。在警察与司机交谈时,哈图就着光下抬头看向卡车的车厢。

"别看!"乌拉压着声音说。

但哈图还是忍不住盯着紧挨在一起、蹲坐在货车板上的女人。她们都是疲惫的老妇人,形容枯槁,默默地低头看着他们。哈图在其中一个老妇人的外套上发现了黄色星星,然后又发现了一个。然后她看到了弗里德曼老夫人的脸。与此同时,卡车开走了。哈图非常震惊,以至于她不知道自己是不是幻视了。当她想跟上那辆卡车时,汉斯抓住了她的手臂。

"放开我!"

一直到卡车消失在一个棚子后,他的手才松开,哈图甩掉了他的手。她急需弄明白那是否真的是弗里德曼夫人,她是否真的离开了。

她没有朝棚子跑去,而是回到了火车站广场,并在那里右转进入哈尔德大街,因为那是最短的路。她全速奔跑,没有注意到被烧毁的犹太教堂的废墟,它的圆顶上安装了高射炮,四根炮管指向黑暗。当她再次经过圣诞市场时,她听到国防军乐队唱着圣诞颂歌:"哦,救世主,撕开了空中的迷雾。"她已经穿过了恺撒大街，站在哈尔大街的 14 号门牌前，喘着粗气。自从上次来过这里以后，她一年半都没有再来过这里。

因为跑得太快，但不仅仅是因为跑得太快，她的心跳到了喉咙里。奠基时代建成的窄楼的门是敞开的。被破坏的门铃旁边的黑色犹太星已经消失了。哈图跨过门槛，停下了脚步。阻止她继续前进的是从黑暗中迎接她的死寂。她想，这里已经没有人了，悲伤扼住了她的喉咙。

厨房桌子上的木偶完全是用原木做的，父亲在楼下克拉泽尔特的车间自制了带环的螺栓，并用它们将木头固定在一起。螺栓将头部和手臂与躯干和臀部连接起来，而躯干和臀部只不过是一截横木，腿则是用细细的布片与横木钉在一起。肘部和膝盖也是相似的小布片。头部、肩部、前臂和腿部的左右两侧挂着粗线。这就是木偶所有的部件。如果不是父亲精心雕刻出了带有手指的手和带有脚趾的脚，它很难看出来人形。

"它是用椴木做的，"父亲解释道，"椴木是最合适的，柔软，不易磨损。在中世纪，人们用它制成了圣母像和圣徒像。"

"这木偶是谁？"哈图问。

父亲指着木偶的脑袋："是汉塞尔。"

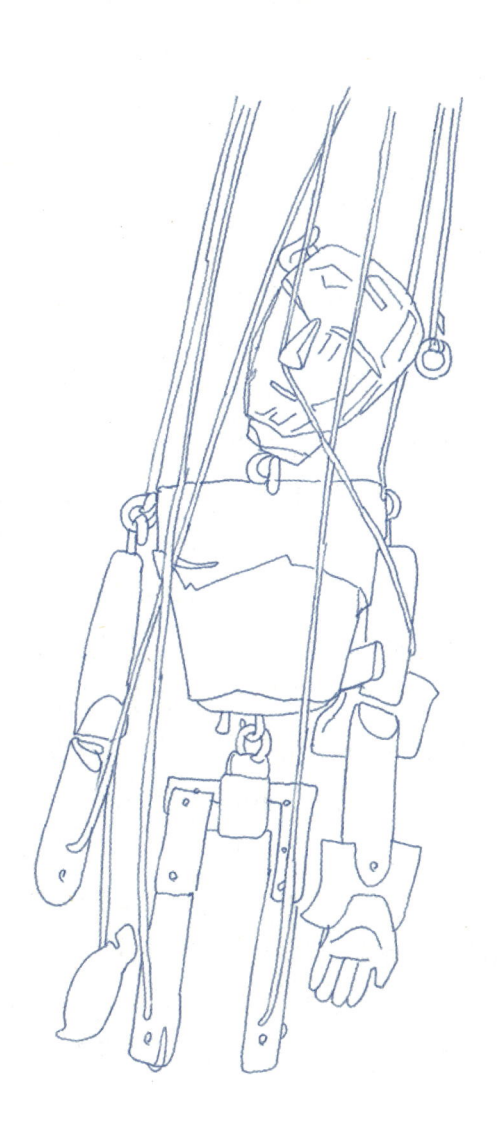

"童话里的那个?"

父亲点点头。

"天那么黑,那么冷。"哈图蹲在厨房的椅子上,看着外面飘落的雪花。窗户上结着冰花。她不由得想起了卡车上昏暗光线中弗里德曼夫人的脸。这么冷的天,她现在会在哪里呢?她想起了新闻短片中,士兵们在苏联冬天里的样子,想起了白色草原上狂风在呼啸,想起了坦克消失在雪堆中,想起了冻死的马匹,还有被裹住的脸上胡子都结了冰。"元首下令他的军队在抵达莫斯科前驻足。"哈图一遍又一遍地在心里重复这个外国词:莫斯科,莫斯科,莫斯科。她想起了铸造厂,想起了被防护服和面罩全副武装的人,他们以此保护自己免受火烤的伤害,就像士兵保护自己免受冰冻伤害一样。她不由得想到漂浮在巨大坩埚中的灼热的铁,以及在冰冷的水中漂浮的死者,像木偶一样漂浮着。父亲突然用手拿起一把锤子,用另一只手拿着汉塞尔的脑袋,像拿着一只苹果,开始往它的眼睛里钉钉子。哈图害怕地尖叫起来。她认为它能感觉到疼痛,即便它只是一块木头。但她感觉这就像自己的眼睛一样,立刻充满了泪水。

"哈图,看这里!"

透过她的眼泪,她看到在圆形的、闪亮的图钉上,光线聚成了一圈光环,像瞳孔一样亮晶晶的。汉塞尔一下子栩栩如生了起来,对着哈图微笑。

阿默湖畔的埃兴的一棵柳树的树荫下,哈图坐在弗罗尼旁边。这个清晨,开始了她们的骑行之旅。而现在,正午的炎热正发着威。"风信子。"哈图轻声说,好像这是一个咒语,弗罗尼笑了笑,没有看她。她们俩都因为史特拉什维奇伯爵的名字[*]而爱上了他,他的坦克终于在八月到达了斯大林格勒。她们对着蓝天眨眼。除了水轻轻拍打在鹅卵石上的声音外,四周都很安静。一阵微风从湖上吹来,掀起了她们皮肤上的汗水。她们看着自己瘦削的膝盖。她俩今年都长高了很多,觉得自己太瘦了。有一天她们去游泳。当进入让她们乍冷的深水区时,坚硬、光滑的鹅卵石弄疼了她们的脚底。她们潜入水中,发出咯咯的笑声。湖底清澈见底。小鱼银光闪闪,向深处快速游去。女孩们懒洋洋地游在水中。岸边的芦苇丛咕咕作响,时间仿佛停止了一般。

后来她们又躺在毯子上,旁边放着她们的自行车。弗罗尼闭上了眼睛。哈图从自行车篮里拿出她的书,读给弗罗尼听。

---

[*] 史特拉什维奇伯爵,全名为海亚辛勒·冯·史特拉什维奇,"海亚辛勒"德语意为"风信子"。——译者注

"当风吹在房子和不严实的小窗玻璃上时，"她读道，"我身后那片寂静的世界开始发出咔哒声，是那些木头肢体在粗线上发出的声响。我不由自主地转过身来，看到它们在微风中摇着头，僵硬的胳膊和腿晃来晃去。但是当生病的嘉士伯突然仰起头来，用它那双白色的眼睛盯着我的时候，我想还是往旁边挪一点比较好。"

"白色的眼睛太可怕了。"弗罗尼嘬嚅着，然后睡着了。

五月，她的哥哥在哈尔科夫战役中阵亡了。他沉睡在了陌生的土地里，母亲在葬礼上一遍又一遍地喃喃自语，并向其他人传递了一张照片，照片上是白桦树干制成的十字架，还有他儿子的钢盔。一滴水从哈图湿漉漉的头发上掉到了翻开的书页上。她把它擦掉了。父亲说，《木偶演员保罗》是有关木偶题材的最棒的书。哈图若有所思地看着湖面。在南边，阿尔卑斯群山在森林后面拔地而起，灰色的岩石陡峭崎岖，即使现在是八月，山峰上仍然闪耀着白雪。

原本它只是一块大木板，父亲将它卡在餐厅和客厅之间的门框上，但他用心地在木板上作了画，在上面画了柱子和花的卷须，一个仙女坐在跃起的马背上，放下的百叶窗像翅膀一样向两侧拉起，姐妹俩和她们的母亲突然觉得自己不是坐在客厅里，而是坐在观众席上，她们的目光被吸引到一个看起来就像真正的剧院的小舞台上。父亲制造的惊喜成功了！她们热烈鼓掌。然后她们听到了脚步声，汉塞尔出现了。它缓缓走到一边，踱了几步，环顾四周，仿佛一切对它来说都是陌生的。最终，它走向舞台前沿并向她们挥手致意。

"如果可以的话，我想请大家来参观一下！"

女孩们立刻跳起来跑进餐厅。她们惊讶地站在门口，看到了她们的父亲过去几周在楼下车间里的每一分钟都在忙什么：房间被一个几乎伸到天花板的木架撑满了，上面还挂着木偶和微型聚光灯，父亲正在从盒子里拿出更多的木偶。汉塞尔已经在那儿了，现在格蕾特也出来了，它有着毛线做成的金色辫子。父亲将一把扫帚放在驼背大鼻子女巫的手里。还有一只鹿、一只小蝴蝶和一只在童话中啄食面包屑的小林鸟。最后是美丽的仙女辛伯林宾巴，在一个闪亮的球上保持着平衡。

父亲脱下鞋子，爬上已经移到舞台后面的餐桌上。

"这是我们的表演台，"他说，低头看着他的女儿们，"木偶演员就站在这上面。"

乌拉怀疑地摇摇头，哈图已经爬了上去。

"我们就是这样拿取木偶的，"父亲说，并向她展示，"当我们不再需要它们时，我们会把它们放回去。"

他解释了舞台运输车是什么，那里面放着不同的舞台布景。现在可以看到的是一片森林和一座女巫的房子。

"爬到桌子底下,乌拉。有一个带着三个开关的胶合板盒。上面写着'聚光灯1号''聚光灯2号''聚光灯3号'。这是调度器,打开第一个开关。"

乌拉爬到桌子底下,照她父亲说的做。舞台现在沐浴在温暖的晚霞一般的光线中。客厅里的母亲鼓起了掌。父亲把格蕾特解开,让它飞过舞台的后墙,把木偶架递给哈图。现在乌拉也爬上了桌子。父亲给了她汉塞尔。

"现在我们试试看!"

起初,姐妹俩必须很努力地让木偶的脚接触地面,才能让木偶像真的站在地面上一样。但她们控制嘉士伯和巴尔塔萨的经验帮助了她们。在她们练习的时候,父亲把女巫从钩子上拿了下来,它现在也在舞台上,悬浮在汉塞尔和格蕾特之间。

在客厅里看着他们的母亲清了清嗓子,用一种非常诡异的声音说:"咔,咔,咔,谁在啃我的小房子?"

因为木偶的害怕程度就是姐妹俩的害怕程度,所以姐妹俩控制的汉塞尔和格蕾特也受到了惊吓,朝着对方小跑而来,低声说:"风,风,天上的孩子。"

女巫勾起了它的食指,让汉塞尔朝它走来,这看起来很可怕。哈图曾经恳求父亲制作一个像《木偶演员保罗》中一样可以移动手指的木偶,现在她既高兴又害怕。汉塞尔慢慢走到女巫身边，它的木脚轻敲着舞台，女巫马上就要把汉塞尔关进笼子里了。木偶仿佛活过来一般，姐妹俩是否用线拉着它们似乎一点都不重要了，她们沉迷在童话中。突然，父亲拉高木偶架，女巫飞出了画面。姐妹们惊讶地看着父亲。

"那是心线。"父亲说，用食指在可怜的汉塞尔和姐妹俩之间画了一条看不见的线。

"心线？"哈图问道。

"这是木偶最重要的一条线。心线牵引的不是木偶，而是我们。木偶的心线让我们相信，它是活着的，因为它拴住了观众的心。"

"这是你想象出来的，爸爸！"乌拉喊道。

父亲笑了。他点燃了一支朱诺牌香烟，烟灰缸向舞台墙的一角倾斜着。他深深地吸了一口烟，又吐了出来。他用发着光的烟头再次在空中画出那条看不见的线。

"你们看不见吗？"

接着，姐妹们听到客厅里传来掌声，她们朝母亲跑了过去，仿佛要赶紧把这个陌生的词抛在脑后似的。

"我们刚才演得怎么样？"乌拉问道。

"太棒了！"

母亲拥抱了姐妹俩。但母亲说还是缺少了一些东西，她在卧室里倒腾了一会儿，然后穿着一件浅蓝色的丝绸连

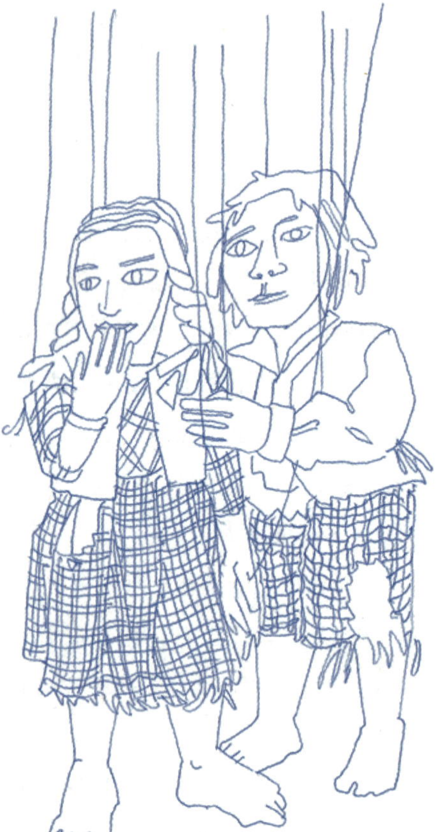

衣裙出来了。

"这是你扮演路易丝时穿的!"父亲惊讶地看着她。

"是的,这是我扮演路易丝的服装。但我不再需要这条裙子了。现在我不再是演员,而是服装设计师,我们自己剧院的服装设计师!"

说着,母亲撕开了裙子,女孩们惊恐地叫了起来。

"什么破玩意儿,"她说,"乌拉,来帮帮我。"

当哈图和父亲站在空荡荡的舞台前时,厨房里的缝纫机已经开始嘎嘎作响。

"你知道我为什么这么喜欢木偶吗?"他问。

哈图好奇地看着他。

"连接它们的线就在它们的中心,这就是为什么我们觉得它们的动作看起来像是有灵魂的。而且它们的四肢也遵循万有引力定律。虽然它们并不知道万有引力是什么,它们是无意识的。所有的人在这方面都是无意识的。所有人都需要地面来支撑。但木偶会像精灵一样抚过地面。这就是它们典雅的原因。你明白了吗?"

"典雅?"

"是的,典雅。"

哈图还没来得及问这个她不认识的词,母亲就从厨房回来了,正在用几根别针把蓝色的丝绸固定在被涂饰过的剧院前面。

"这是我们的木偶圣坛!"母亲满意地说。

"木偶圣坛。哈图喜欢这个名字,听起来很高贵。她高兴地注视着小小的舞台。

"但剧院的幕布不应该是红色的吗?"乌拉问道。

父亲摇摇头。

"在人类剧场中是这样,因为红色是我们血液的颜色。但是木偶没有血。它们的剧院是天空的颜色。"

哈图一言不发地躺在地板上,手蒙着闭着的眼睛,衣服在月光下闪闪发光。女孩还坐在她面前。她看着哈图,仿佛能看到那个女人还是个孩子时的模样。终于,哈图睁开了眼睛,又点燃了一支烟。当烟从她嘴里喷出来时,她开始唱歌。

"汉塞尔和格蕾特在树林里迷路了。

天那么黑,那么冷。

他们安全地到达了一个姜饼小屋。

这个小屋的主人会是谁?"

"您的父亲是纳粹吗?"

歌声戛然而止。"你为什么会这么想?"

"嗯,因为他不必再去打仗了,还因为他能够继续在剧院工作。不是所有反对纳粹的人都逃走了吗?"

哈图严肃地摇摇头。"不,那时候不是这样的。但说实话，我姐姐和我也没往这方面想，至少在战争结束之前。"

"你父亲也抽烟。"

"没错，"哈图说，微笑着举起拿着香烟的手，"看，空气中飘动的烟雾，和木偶一样轻飘飘的。"

女孩看到李丝公主的目光紧跟着发光的烟头上升腾起的烟雾。老仙鹤也抬起头来，然后又疲倦地把喙重新放在地板上，紧挨着盘起来的长腿。在圆形月影的边缘，金色头发的小王子和老仙鹤坐在一起，小王子也渴望地看着那一缕盘旋着、升腾着的烟，直到烟雾消散在屋顶的黑暗之中。

"那段关于'典雅'的讨论我没听懂。"女孩若有所思地说。

"你会芭蕾舞吗？"

女孩点了点头。

"你能劈叉吗？"

女孩又点了点头，跳了起来，站在月影的中央，压下了双腿。她慢慢地弯曲上半身，直到上半身完全平贴在地面上。

"厉害！你还能做什么？"

女孩站了起来，展示了芭蕾舞的手臂动作，又做了一个标准的单脚尖旋转，在几个舞步之后以阿拉贝斯克动作收尾，手臂优雅地伸展开来。

"真是太厉害了！但是木偶就不一样了。要我展示给你看吗？"

女孩无法想象哈图要如何展示。尽管如此，她还是点了点头。

"真的吗？你不害怕吗？"

女孩当然害怕，但也很好奇。她抿着嘴摇了摇头。

哈图在银制烟灰缸里掐灭了香烟，站了起来。把巨大的双臂放在女孩上空，手掌向下张开，女孩觉得自己开始变轻了。就像水一样，重量从她的身体上滴了下来。先是胳膊轻了，接下来是腿，再接下来是头，然后女孩就觉得自己根本不是站在地上了，只是假装直立着，因为她其实已经飘了起来，这是一种美妙的感觉。仿佛自己突然不费力地踮起脚尖，成为了一个真正的芭蕾舞演员。她高兴地抬头看着哈图，哈图一边对她微笑，一边迅速地举起了一只手。

女孩被一股力量推向了空中，仿佛她的头上、大腿上、手上、肩膀上绑上了线，被拉了起来。但和在花园里的蹦床上感觉不同，也和之前跟着父母度假时飞机遇上气流颠簸的感觉不同，她感觉肢体不再受自我控制，而是身体好像在空中跳舞，这一直是她梦寐以求的。女孩第一次非常轻松地完成所有的单脚尖旋转、小跳、巴洛泰和大跳。她浮在月影之上，仿佛月影是一个舞台。

片刻后，哈图伸出一只手的五指，将女孩的手臂张开，另一只手将女孩的手臂拉起，女孩像鸟一样飞到了空中。现在不再是跳舞了：女孩飞了起来！哈图晃了晃食指，女孩的头便朝四周转了转。她低头看向围着月影站成一圈以及黑暗中站着的木偶，看到它们的眼睛正盯着在空中飞舞的自己，所有的木偶头上都刻着眼球，眼球上闪闪发亮的图钉像瞳孔一样闪耀着光芒。

能这样飞真是太好了！但也有点可怕，因为她感觉自己的身体可以完成一切，但并不是她自己的意志想要的一切。哈图举起双手，少女瞬间飘到了哈图面前，紧靠着她的脸。女孩像花前的蜂鸟一样小，在哈图的笑容中盘旋了许久。然后哈图又小心翼翼地降低了女孩的高度。女孩感觉到自己的脚悬在地面上踏步，但没有碰到地面，她仍然感到很失重，而实际上这正是她一直想象的精灵的舞动。

哈图终于放下了双臂，与此同时，女孩又恢复了体重，并第一次感受到了一直把人类向下拖拽的力量，而人类其实一直在坚持不懈地抵御这股地心引力。她有些颤抖和惊讶地站在原地，不可置信地看着哈图。

客人分散在走廊上，就像在剧院走廊上等待戏剧开演的铃声一样。父亲给大家分发起泡酒。刚才，克罗赫一家带着两个儿子来了。弗罗尼也到了，扑闪着亮晶晶的眼睛，对着哈图的耳朵兴奋地说悄悄话。卡罗拉·瓦格纳像往常一样美丽,穿着低胸长裙,带来了一个市立剧院里的新面孔,她笑起来时满口大白牙。父亲以前的导演助理莫里茨·豪斯希尔德似乎在笑声中格格不入。他从第一排径直走出来,是唯一一个穿着制服的人。哈图认出了他领章之间的铁十字。他制服外套的左袖空荡荡的,但熨烫得服帖平整,并用别针固定。埃尔纳·克罗赫将她的空杯子拿给父亲。哈图看着父亲给埃尔纳倒酒,然后去门口打招呼,迎接今晚的贵宾,母亲刚在衣帽间为贵宾取下外套和帽子。

埃里希·帕布斯特是奥斯纳布鲁克的剧院经理,父母当时就是在那儿和他相识的。他还说服父母和他一起来奥格斯堡。自从他1936年又一次离开奥格斯堡以来,他们就很少见面了。他穿了一件燕尾服,戴了一只单片眼镜,像他优秀的偶像弗里茨·朗一样,他在朗的默片《三生计》中作为年轻演员出演过一个小角色。父亲向她的女儿们招手,她们乖巧地向这位著名经理伸出了手。

"今天是我大女儿的生日。"

"你多大了?"帕布斯特对乌拉微笑着说道。

"十三岁。"她害羞地说。现在是1942年11月15日。她很高兴帕布斯特的注意力不在她身上了。

"实际上,《三生计》也是格林童话的一篇。"帕布斯特说。

"《死神教父》。"父亲点点头。

"就是这篇。朗总是说，人最能从童话中了解内心的问题。童话是人们孩童时期就学会解读自己感受的入门书。这就是为什么它们不停地抓住我们内心的原因。"

哈图激动得听不下去了。她的眼睛四处张望。克拉泽尔特一家此时也在这里，父亲邀请了他们，因为在几个月前，造车匠把他自己的车间转让给了父亲。奥古斯特·克拉泽尔特穿着他不适应的西装，汗流浃背，西奥穿着的希特勒青年团制服似乎也让他很不舒服。哈图又想起了他在院子里是如何骚扰她的，她迅速移开了视线。

"你还记得我们是怎么让施特劳斯也到这里来的吗？"帕布斯特笑着拍了拍父亲的肩膀，"露天舞台上的《厄勒克特拉》就是一场胜利！"

"是的，"父亲点头，"可是我流了血和汗！"

"那时你还年轻！现在呢？看看你自己！帝国剧院的负责人。"

父亲没好气地摇摇头。

"弗里茨·朗，"卡罗拉·瓦格纳加入了两人之间的对话，"应该在他获得德国电影指挥权的那一天放下一切，连夜乘坐火车前往巴黎。"

她停下来，带着询问的眼神看着帕布斯特："然后直奔美国。"

帕布斯特还没来得及回答，门铃又响了，每个人都看向母亲迎接的新客人——一个走路明显有些困难的老人。他的西装马甲上挂着一条金表链，已经损坏了。突然，弗罗尼靠近哈图，拉住哈图的手。半个犹太人，她低声说，哈图吓了一跳。而此时，母亲正慢慢地领着客人过来。帕布斯特的惊讶显而易见，他说了一句没人笑的笑话。

"亚瑟！您还活着真的太好了！"

亚瑟·皮西勒显然对打量他的所有目光感到不舒服。他的脸上闪过一丝不安的、歉意的笑容。他的出现让每个人都毛骨悚然，不是他本人可怕，而是其他人不知道这位著名作曲家可能会面临什么。还有一点让大家毛骨悚然的是，他们非常清楚，威胁这位老人的东西威胁不到他们。现场的气氛就像他不在了一般——大家像看着幽灵一样看着他，沉默沉重地压在这群人的身上，让人难以忍受，尤其是埃里希·帕布斯特。这位作曲家让他尴尬地回忆起自己的罪恶。作为剧院经理，他解雇了剧院的犹太指挥。有一些原因，有一些考量，但确实没完全的必要。他觉得自己受不了再多一分钟的沉默，他的目光透过单片眼镜落在了一个穿着希特勒青年团制服的胖男孩身上。

"嗨，小家伙！"他向他喊道，"最后的胜利怎么样？"

西奥脸红了。

"哎呀，放过那个男孩吧，帕布斯特。"

亚瑟·皮西勒轻轻地把手放在西奥的肩膀上，两人对视一眼。然后罗斯·欧米臣敲了三下锣。

所有人都松了一口气，拥入了客厅，在椅子和沙发上纷纷落座，沿着木偶圣坛的正面围成了一个半圆形。最后，卡罗拉·瓦格纳和那个有点像女主角的新面孔也在寻找位置。我们的小剧院至少有了十五位观众呢，哈图自豪地想。

哈图准备了一个牌子，上面写着"舞台入口"，然后把它钉在餐厅门上，现在她把身后的门关上了。她兴奋地从钩子上取下了格蕾特的木偶架，回忆起过去几周排练后早已融入她血肉的动作。这是头部的木头，它的两条线会影响木偶的整个姿势——格蕾特摇了摇头。这是脚上的压板，这里的线连接着腿部——格蕾特走了几步。这是肩部的木头，松松地连接在木偶架上，它承载着木偶的大部分重量，并能让木偶的头部自由移动。最后是手部的木头——格蕾特向她挥手。然后是"鞠躬线"，用它可以让木偶鞠躬。

但心线并不存在。然而，每当哈图举起双手，整个由木头、螺丝和粗线组成的咔哒作响的装置似乎变成了一个有欲望和意图的生命时，这种不可思议的转变都让哈图感觉到心线的存在。不过现在可不是想这些的时候，哈图听到隔壁的父亲祝大家观赏愉快。她听着椅子移动的沙沙声、咳嗽声和耳语声慢慢地停下来，就像在真正的剧院里一样。

乌拉和父母进来了。每个人都知道该怎么做。父亲和两个女儿轻轻地爬上表演台。加油！他低声说着，给一个小音乐盒上了发条。当旋律响起时，他转动小手柄，百叶窗缓缓打开。哈图感觉到，隔壁似乎越来越安静，她想象着幕布在暮色中闪烁着淡蓝色的光芒。父亲向母亲点点头，母亲拉开幕布，踩着最后一句迷人的旋律，打开聚光灯。樵夫家的房间和他的一家在昏暗的灯光下出现。乌拉手里拿着格蕾特和汉塞尔的木偶架，它们躺在小床上一动不动。

"我们会变成什么样子？"父亲说。他的木偶耷拉着脑袋。"我们自己都一无所有，怎么能养活我们可怜的孩子呢？"

母亲在舞台的一侧说："要不这样吧，夫君？明天一早，我们带孩子们到森林最深处，在我们去工作之前，给他们生火，给他们每个人一块面包。如果他们找不到回家的路，我们就算把他们丢掉了。"

"不，夫人。"父亲说。他的木偶愤怒地摇摇头："我不会这样做！我怎么舍得把自己的孩子独自留在森林里！野兽很快就会来撕碎他们的。"

"哦，你这个笨蛋！"母亲说，"这样的话我们四个人都要饿死了，你刨出来的木板就用来当棺材板吧。"

"但我为可怜的孩子们感到难过。"父亲的声音现在听起来十分悲伤。他的木偶无力地瘫倒在桌子上。

母亲关掉了聚光灯，只有月光照进房间，舞台后墙的窗户里放着一张羊皮纸，父亲在这张羊皮纸后面粘了一盏灯。哈图迅速将母亲的木偶交给了他，并从乌拉手里接过了已经等候多时的木偶——格蕾特。

"现在我们完了。"她说，让格蕾特在床上精疲力尽地摇摇头。哈图专注地看着乌拉。

"嘘，格蕾特，"乌拉手中的汉塞尔回答道，"你别烦，我来想办法。"

幕布沙沙作响，淡蓝色的丝绸微微飘动。现在一切都进展得如此之快，以至于哈图没有时间琢磨她的表演。母亲已经推来了下一辆道具车，改变了灯光，幕布再次升起。天亮了，母亲说："孩子们，现在到火堆旁休息着吧，我们要去森林砍柴。收工后，我们会回来接你们的。"

但是父母没有回来。乌拉说："我们会找到路的。"

但他们没有找到路。他们走了一整夜，又从第二天的天亮走到天黑，却没有走出森林，除了自己采摘的浆果外，他们没有什么可吃的。现在已经是第三天早上了，如果没有人来帮助他们，他们将很快饥寒交迫。然后父亲一

把抓起一只美丽、雪白的小鸟,让它飞过舞台,并吹起了口哨。它飞到了汉塞尔和格蕾特面前,他们跟着它,直到他们来到一座小屋前,小鸟停在了屋顶上。整座小屋全部由面包做成,屋顶是蛋糕做的,窗户是糖做的。

乌拉看了一眼哈图,笑了。她用汉塞尔细细的声音说:"我们开动吧,吃一顿饱餐。我想吃一片屋顶,格蕾特,你可以尝一口窗户,很甜。"

乌拉让汉塞尔的手臂一直向上伸展,为此她必须踮起脚尖,将木偶架举过头顶。哈图让格蕾特小跑到窗前,她移动着木偶的头,让它像舔棒棒糖一样舔着窗户。这两个木偶根本不打算停下来，因为姐妹俩太感同身受了。不管母亲怎么努力，她俩总有几天是饿着肚子从桌子上站起来的。先是胡椒蜂蜜饼，然后是蜂蜜蛋糕，还有姜饼！哈图忍不住想到圣诞市场，尽管今年的圣诞市场比去年的更加黑暗和悲伤。

"咔，咔，咔，谁在啃我的小房子？"母亲终于喊道。

乌拉和哈图将身体弯向舞台，手里拿着木偶架，异口同声地回答："风，风，天上的孩子！"

由于木偶连着绳子不能穿过门，所以女巫从小屋的正面出来。"哦，亲爱的孩子们，谁把你们带到这里来的？进来吧，到我这儿来，不会有事的。"

她弯起右手的食指，父亲为此练习了很长时间，因为这需要单独的一根绳子，也必须以一种不寻常的方式固定到木偶上。老家伙引诱孩子的样子看起来阴森森的。现在，这出剧慢慢接近尾声了。哈图领着善良的仙女辛伯林宾巴出现了，它站在一个闪亮的球上，这是父亲创作的。之后，笼子出现在舞台上。

"汉塞尔，伸出你的手指，让我感觉一下你是不是快吃饱了。"母亲用她极为可怕的女巫的声音喊道。哈图趁观众不注意，以迅雷不及掩耳的速度将一截骨头固定在汉塞尔的手上，再将骨头伸给了女巫。

格蕾特已经站在炉子前，这个炉子是父亲在车间用铁皮焊接的。它的里面发着光,真的有烟雾从中升起。"我不知道该怎么做。我该怎么进去?"

"笨蛋,"女巫说,"洞口足够大,你看,连我都能进去。"

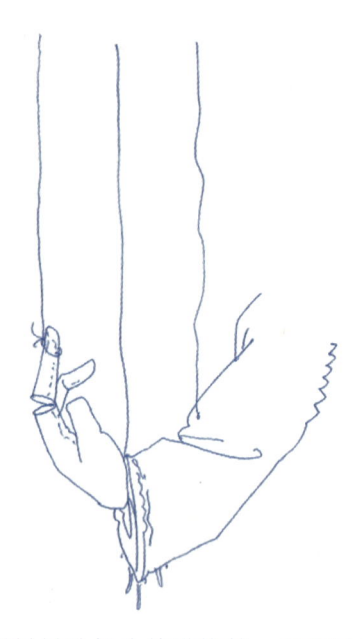

女巫摇摇晃晃地把头伸进烤箱。父亲站在哈图旁边,他们拿着木偶架的手臂碰在了一起。他们的目光没有从舞台上发生的一切移开。让观众觉得女巫真的消失在炉子里是需要技巧的,他们俩需要高度集中注意力才能成功。可是哈图想到了工厂,想到了工厂的灼热和钢水。在炉子里被烧死该有多可怕呀！她不由得想起弗里德曼老夫人和可怜的莫里茨·豪斯希尔德空荡荡的制服袖子。她注意到父亲正在看着她，因为他不知道她为什么犹豫了起来。最终，格蕾特推了女巫一把，关上了铁盖并上了锁。啊！女巫开始号叫，非常可怕，格蕾特跑开了，邪恶的女巫却不得不惨遭焚烧。

木偶们安静地让出位置，汉塞尔和格蕾特走上前，格蕾特穿着格子裙，扎着厚厚的毛线辫子，紧挨着的汉塞尔则头发蓬乱。它们赤裸的木脚踩在地板上。汉塞尔立即开始在月影上撒白色的鹅卵石，石头在月光下闪闪发亮，宛如一块块纯银锭子。女孩看着它一个接一个慢慢地把鹅卵石放在地上，感到心中一沉。汉塞尔撒完鹅卵石后，便和格蕾特一起坐在月光中间。

"我想回家。"女孩说。

默默注视着木偶的哈图，回头看向女孩。"你知道这是哪里吗？"

女孩想起了她的母亲和她的房间，想起了她的朋友和学校，然后又不禁再次想起她的父亲，他现在一定在寻找她。

"不知道。"她悲伤地说。

"那你就得和我们待在一起了，"哈图又开始轻声唱道,"汉塞尔和格蕾特在树林里迷路了。天那么黑,那么冷。"

听到这首歌,女孩更伤心了。但随后李丝公主跪坐在哈图旁边的地上,就像中国的公主一样。"别害怕,小姑娘,"它低声对她说,"现在你可以飞了,你是我们中的一员。"

女孩没有把握地看着身边的木偶,想象着如果公主说的是对的,她真的成为它们中的一员会是什么样子。也许会像《坚定的锡兵》这种童话中的舞者一样。永远失重,永远轻盈,她的身体不会在意她本人想什么、要什么。

哈图从半掩着的门溜进客厅。外婆在母亲铺好的沙发床上对她微笑。落地灯罩着丝绸,光线变得柔和,散发出淡淡的红光。哈图手里拿着外婆给她带来的书。她来奥格斯堡花了将近两天的时间。她说,入夜之后,她不得不在侧轨等待好几个小时,载着士兵的火车嘎嘎作响地、一辆接一辆地向东驶来,这些都是载着受伤者的伤员专列。《嘉士伯去旅行》——哈图起初对这份礼物很失望,不过,尽管是一本儿童读物,她还是忍不住一口气读完了这个不是木偶而是活生生的嘉士伯的故事。扉页上画着一辆红色的马车,后面放行李的板子上坐着满脸笑容的嘉士伯。戴着卷曲长假发的伯爵回头看向这个"逃票人员"。

"最吸引我的是嘉士伯在旧壁橱里睡了将近一百年。"

"睡一千年也可以。"外婆说。

"一千年？"

"直到我们这个千年帝国结束！但这不会花那么长时间的啦。太阳和希特勒的区别是什么呢？"

哈图摇摇头。

"太阳从东方升起，而希特勒在东方落下。"

哈图不知道该不该笑。这种笑话其实是不能说的。外婆自己却笑到咳嗽。

"你都长这么大了，小丫头！"她温柔地说，"你觉得自己长大了，所以嘉士伯的故事对你来说太幼稚了？"

哈图尴尬地点点头。她非常喜欢住在柏林的外婆，外婆就是在柏林遇到了外祖父，如今他早已去世。外婆实际上来自维也纳，哈图喜欢她的声音以及只有外婆才用的外来词，这些词很少见，连母亲都不怎么用。有一次，他们到柏林拜访外婆，哈图仍然记得她公寓里屋顶很高的房间，吱吱作响的地板和一个几乎高达天花板的亮闪闪的、黄色的瓷砖壁炉，上面放着一只瓷鹰。除此之外，她几乎忘记了这座大城市的一切，只记得几个单词，而且莫名地记住了属于这些词的颜色：蒂尔加滕公园是深绿色的，克朗茨勒咖啡馆是红色和象牙色的。

"成山的尸体，哈图！斯大林格勒死了五十万人，库尔斯克现在死了五万人，他们被撕碎，被枪杀，被饿死，被冻死。还有更多人被俄罗斯人、英国人杀死。他们都是自家母亲的心头肉啊！"

她看着哈图，但随后意识到让外孙女承受这样的描述是多么不合适，只能对她痛苦地微笑道："你喜欢演嘉士伯剧吗？"

可怕的画面在哈图的脑海中盘旋。从来没有人对她说过这样的话。她用力地点点头。

"你妈妈做的服装确实很漂亮！可你知道吗，其实是我教她缝纫的？她有没有告诉你她为什么叫罗斯？"

哈图摇摇头。

"很久以前，在巴黎有一个像我以前一样的制帽商。她的名字就叫罗斯，罗斯·贝尔廷。"

"什么是制帽商？"

"罗斯·贝尔廷就是制帽商。在她的店里能买到所有东西：帽子和围巾、领结和手笼、扇子、腰带、手套、拖鞋以及很多类似的东西。罗斯·贝尔廷非常有名，连玛丽·安托瓦内特王后都穿戴过她家的饰品。她配有鲜花、浆果和羽毛的发型特别出名。"

"在头发上插鲜花和浆果？我不相信！"

哈图忍不住笑了。但很快她又严肃起来，看着眼前放在膝盖上的这本嘉士伯的书。

"被轰炸的时候是什么感觉?"她平静地问。

外婆是个矮小而丰满的人,即使到了老年,她的嘴唇也保持着性感,她总是用红色的唇膏来强调这一点,也总是把一条珍珠项链紧紧地系在柔软的脖颈上。现在,当她长时间注视哈图时,几乎透明的眼睑在她浅色的瞳孔上颤动。沙发旁的小桌子上放着一杯水,上面盖着一条带花边的手帕。外婆叹了口气,拿下手帕,喝了一口水。

"他们总是在晚上来。先是领航的飞机,他们标记目的地,柏林人称之为圣诞树,然后天空就亮了。我们知道,这就是炸弹即将落下的地方。这是一种阴森森的、冷飕飕的光,在房屋上闪烁。之后,轰炸机就来了,数百架轰炸机,像鹤一样向南飞去,它们的轰鸣声响彻空中。"

"不过外婆,到防空洞里就安全了,是吗?我们地下室有一个,有一次我们不得不进去。我们可以睡在里面,就像嘉士伯睡在他的壁橱里一样。"

"是的,那些在弥漫着毒气的防空洞里窒息的人看起来确实像是睡着了。其他人则是被凿穿了肺部,多么血腥啊。还有一些人被从破裂的管道中流出的热水烫死了。还有,房屋倒塌时,防空洞的盖子也会塌陷,人会被活活压死。"

当外婆看到哈图脸上的恐惧时,她沉默了。

"希特勒、戈林、希姆莱和戈培尔都在防空洞里:一网打尽。谁能活下来？"

哈图害怕地默默摇头。

"我们能！"

外婆笑了。当她的外孙女脸上真的出现笑容时，她终于松了一口气。

今天上午下了雪，在干燥的寒冷中，薄薄的雪片吹过地面，聚集在柱子上、喷泉周围，以及平坦的砂岩台阶上，白色的光芒在黄昏中装饰着玛丽亚-斯特恩修道院的回廊与模糊的轮廓。哈图裹着冬衣，把自行车停在入口附近，没有看向修道院那高而窄的塔楼和洋葱圆顶，塔楼像花的枝干一样耸立在立面的两个陡峭的山墙之间。几个月来，木偶圣坛为朋友们多次演出，而今天终于第一次不是在家里演出，而是在这个修道院的伤兵面前。哈图没有注意到停在院子里带有红十字的军用卡车，没注意到乱七八糟的白色床架和其他堆在角落里的医护用品，没有注意到穿白大褂的男人们不停地扔下一捆捆带血的绷带，堆得像一团火。然而，一个轻声的呼唤却把她从思绪中拉了出来。

"哈图！"

她惊讶地转过身来。汉斯站在院子中央的喷泉旁。

"我没有时间，我得表演。"她向他喊道，想继续往前走。她自己也无法理解怎么对汉斯这么不耐烦。

"我知道呀！这就是我来这里的原因。"

哈图停了下来。汉斯故意慢慢地向她走来，双手插在裤兜里，领子立在薄薄的外套上。他的头发垂在脸上，当他站在她面前时，他把头发吹开，在暮色中对她微笑。

"因为那些破木偶我都见不着你了。"

"那你就跟着来吧。"她傲慢地说。

当哈图推开修道院食堂厚重的门时，温热的、烟雾缭绕的空气扑面而来，同时还有一股碘酒混合着汗水的难闻的甜味。战争开始时，修道院充当了临时军区医院，食堂变成了医务室。哈图和汉斯在病床之间找到了路，走过戴着白帽、围着围裙的红十字会护士，护士们端着腰果形的盘子，带走便盆，更换绷带，并给那些不能坐起来的伤员喂水。

父亲已经在调整聚光灯了。当他发现哈图时，他掐灭了香烟并拉长了脸，但并不是因为她迟到了。已经几个星期买不到朱诺牌香烟了，柏林的卷烟厂在空袭中被摧毁，他不喜欢他现在不得已而抽的替代品。

在溜到帷幕后面之前，哈图再次开始四处寻找汉斯。在热得要命的房间里，所有的男人都躺在床上，只穿着内裤，汉斯失魂落魄地站在他们中间。到处是绷带和闪着光的镀铬床架，它们将绑了绷带的腿和手臂固定住，血淋淋的残肢被包扎着，被吗啡浸透的眼睛空洞无神。在这些士兵之间，他看起来十分弱小和年轻，汉斯比哈图大两岁，差不多十五岁了。很快他就成人了，她想，这让她感到难过。就在这时，除了聚光灯外，大厅里的灯都灭了。在哈图转身面向表演台之前，她看到汉斯害羞地坐在一张床的床脚上。

当姐妹俩和母亲、外婆一起进入防空洞时，克拉泽尔特一家已经在那里了。房主充当了防空守卫，他关上了沉重的钢门，插上插销，重新坐在收音机旁边的椅子上。一个声音从小音响里传出。

"注意！注意！这里是西南飞行控制司令部。现在我们发布空中情况报告！已通报的敌机部队已经改变航向，现在正从南面逼近。估计有三百架皇家空军的轰炸机经亚眠飞入奥格斯堡地区。稍后播出最新消息。"

这里曾经放着自行车和旧箱子，放着罐头和密封大口瓶的架子还留在这儿，这里还放了行军床和几把椅子。过去一年，地下室的天花板以树干支撑、用采光井封砌起来，入口安装了钢门。这座城市各处的地下室都在以这种方式重建，因为帝国的许多城市都传来了袭击事件的报道，新闻短片也展示出了废墟的照片。奥格斯堡到目前为止还没有受到一次攻击，但每个人都知道这只是时间问题，梅塞施密特工厂和奥格斯堡-纽伦堡机械制造厂为战争做了许多服务。几个月来，在公寓的入口处一直放着一个手提箱，里面装着所有的文件和必要的衣物，还放着一个袋子，当警报响起时，母亲会迅速把家里所有的食物装进袋子里。

这是1944年2月25日的夜晚。妇女们坐在箱子上，孩子们坐在其中一张行军床上，哈图依偎在姐姐的怀里，父亲不在他们身边。《灰阑记》正在剧院演出，而他已被分配到了消防局。在紧张的等待中，每个人都沉默地听着外面的响声。地下室很快就闷热起来，只有一点新鲜空气从钢门旁边的通风栅栏飘进来。哈图观察着西奥，他穿着希特勒青年团制服坐在另一张行军床上，咬着指甲。他注意到她的目光，用唇抿出了一个她听不懂的无声的单词。

之后，附近发生了爆炸，每个人都尖叫起来，电灯泡在它的铁罩子里闪烁了几下，然后熄灭了。在地下室变暗之前，哈图看到墙上的每一块石头都在颤抖，石灰从天花板上抖落下来。灰尘在黑暗中笼罩着她，她感觉到灰尘落在她的嘴唇上，掉进她的眼睛里，她用外套捂住嘴，仍然忍不住咳嗽起来。

她快要被震聋的耳朵唯一能听到的只有自己的耳鸣声。水泥地板在爆炸中震动了起来，不停地摇晃着，但她只能隐隐听到闷响。不知何时，仿佛从远处传来的姐姐的声音在耳边响起。

"汉塞尔和格蕾特,"乌拉轻声唱道,"在森林里迷路了。"哈图弯起手腕,以看清手表上发光的数字:现在刚过一点。

不知过了多久,灯泡再次一闪一闪地亮了起来。室内的灰尘像雾一样飞舞。起初没有人注意到,外面早已寂静无声,每个人都在咳嗽着大口呼吸。当解除警报的信号通过有线广播传来时,克拉泽尔特把钢门上的两个插销拔了出来,推开了门。现在管不了外面有多恐怖了,能呼吸一口空气便好!

连成片的火海在撕心裂肺的嚎哭声中冲向血红色的天空,院子里的雪被灰烬染成了黑色。一小群人小心而大胆地围在房子周围,这座房子奇迹般地完好无损,然后,人们摸索着走到街上。母亲一只手牵着姐姐,一只手牵着妹妹。一切似乎都在火光和浓烟中消失了。到处都可以听到因为恐惧或痛苦而发出的震耳欲聋的尖叫声;到处可以看到人们四处逃窜,躲开爆炸,躲开倒塌的外墙,躲开从燃烧的屋顶落下的火星。哈图一动不动地盯着这幅恐怖景象,好像看不够一样。

父亲直到早上才回来。他踩到了一块碎片,发出的吱嘎声吵醒了哈图。他穿着靴子和外套站在那里,哈图看向他惊恐而疲惫的面庞。爆炸的威力震碎了所有的窗户，一股冰冷的风吹进了房间。到处都是碎片，家具上都是黑灰。哈图想起了夜里熊熊燃烧的火舌，被风掀起一浪又一浪。母亲颤抖着，在椅子上坐了很久。两人都没有看对方。不知过了多久，每个人都穿着外套和鞋子爬上了床。现在安静下来了，新的一天来临了，天还没有亮起来。父亲想要开口说话，呼吸却凝固在了嘴边。剧院被摧毁了，被彻底烧毁了。天气太冷了，连消防队的水管和灭火器里的水都冻上了。他们只能眼睁睁地看着一切都被烧毁。

"那木偶呢？"

父亲沉默地摇摇头。

她看着他，直到内心接受这个事实。然后她一言不发地跳了起来，冲下楼梯，穿过已经毫无作用的破房门来到街上。在浓烟中，太阳成了一个红色的圆盘。哈图潜入难民的队伍，他们肩上扛着包裹，手推车里装满抢救出的物品。到处充斥着烧毁的树木，人行道上焦黑的、眼神呆滞的尸体，死去的马，还有烧焦的刺鼻气味。每个人都想出城。哈图和他们一起四处游荡了一会儿，然后她到达了目的地，虽然她并不知道这是哪条路。

剧院的废墟冒着热气，发着光，依然可以感受到火焰的热量。当哈图小心翼翼地摸索着一步一步走进这座破败的建筑时，她解开了外套。被烧毁、折断的管道和横梁，墙体的残骸纵横交错地堆叠在一起，被热量烤弯的铁梁隐匿在恐怖的强光中，剧场的前排座出现了波纹，像在看不见的海滩上泛起的涟漪。

终于，哈图在这一堆废墟中发现了木偶圣坛，看到了曾经精心绘制的仙女被烧焦的遗骸。它骑着的马的眼睛好像因为恐惧而睁大了，黑色的烟灰想要从四面八方吞噬它。除此之外她再也找不到任何木偶了，找不到汉塞尔，找不到它的父母，找不到美丽的雪白的小鸟，找不到鹿，也找不到发光的球上的辛伯林宾巴仙女。连手指是活动的女巫也找不到。但后来她发现了格蕾特，它的脸在灰烬中，金色的辫子变成了光秃秃的头上的黑色茬儿。只有一块浅蓝色丝质幕布的碎片——曾经是母亲扮演路易丝·米勒的服装——在吹过废墟的热风中飘扬，它不可思议地完好无损，闪闪发亮。

"一切都烧毁了！一切都烧毁了！"

女孩转过身来，她被这响亮的声音吓了一跳。嘉士伯顽皮地笑着，紧挨着站在她身后，它的长鼻子几乎戳到她的眼睛。

"你是谁？"女孩脱口而出。"是那本外婆送的书中的嘉士伯吗？"

"外婆书中的嘉士伯？不，那不是我！"

女孩盯着嘉士伯,被它那张粗糙的脸上咧到耳根的嘴吓了一跳。嘉士伯戴着一顶尖顶帽,上面有一个大铃铛,他的红蓝紧身衣上还有许多小铃铛,一直在叮当作响。

"好吧,"它对着其他木偶喊道,其他木偶正紧张地看着它,彼此轻声地耳语着,"告诉这个小丫头我是谁!"

窃窃私语停止了,但没有人说话。

"哦,你们这些乖木偶!"嘉士伯嘲笑道,"你们什么都不知道。你们不知道外面是什么样子,不知道现实是什么样子,只知道这里的阁楼和每天在剧院里兴高采烈的小孩子。但我看到了外面的一切。一切都死了,都被烧光了!死了而且烧光了!"

"嘉士伯,你给我闭嘴!"

哈图站起身来,威胁地看着那个可怕的木偶。它并没有被吓倒,反而显然是很满意地看着她,好像在等待哈图斥责它一样。

"闭嘴,闭嘴,"它模仿着她,"你让我闭嘴干什么?没有人可以让嘉士伯闭嘴!你自己少说点你那些旧故事吧。你没有保护好你的任何一只木偶,它们都被烧毁了!那我呢?你对我做了什么呢?你自己闭嘴吧!"

它用手指向哈图的鼻子。与此同时,女孩感觉到它的木头手指紧紧地钳住了她的手腕,它抓得如此用力,仿佛要用木头勒紧她的骨头。她大叫着想挣脱,却是徒劳。

"嘉士伯！"哈图严厉地警告他。

"想怎样？要干吗？"

"放开那个女孩。"

嘉士伯打量着女孩，仿佛根本没有注意到自己正紧紧抓着她。但它并没有松开钳住女孩的手，反而沿着自己空出的那条道把女孩一下子拉到自己身边，这是其他木偶因为害怕而给它让出的位置。少女无助地跟在它身后，被它牢牢抓住。她恳切地看向哈图，哈图一动不动地站着，没有做出任何举动来帮助她。

然后，嘉士伯跑了起来。它径直跑进了阁楼的黑暗中，每跑一步，铃铛就叮当作响。女孩尖叫着求救，但它紧紧抓着她，发出嘘声让她闭嘴，否则就要打她，所以她只能捂着嘴哭起来，跌跌撞撞地跟在它身后。她刚才一直盯着的月影越来越小，周围的光越来越微弱、无力、灰暗，直到女孩完全沉浸在黑暗中。她踉踉跄跄地穿过黑暗，只能听到嘉士伯的铃铛发出叮当声和木偶脚发出的咔哒声。一旦她摔倒了，它会把她拉起来继续跑，再摔倒，再拉起。直到它终于停下脚步。

"我已经睡了一千年了，"嘉士伯在女孩的耳边悄声说，在黑暗中拥抱了她，"千年弹指一挥间。现在一切都被烧毁了，一切都被烧毁了！"

草地边的工作室深深地陷在厚厚的积雪中，已经很久没有人来过这里了。没有脚步声通向那扇彩色玻璃门，这扇门几乎完全隐藏在一棵巨大的接骨木后面。哈图以前经常透过红蓝相间的玻璃偷看，直到现在才敢第一次走进去，一股木头的味道扑面而来。各种形状和大小的木板和横梁、坏了的椅子、旧雪橇和车轮到处都是。锯屑覆盖在巨大的带锯机周围的地板上、附着在窗户上的蜘蛛网、散布在木工工作台上和其他角角落落，到处都是狐尾草和钢锯、粗齿木锉和锉刀、角尺、铁凿和木凿、螺丝刀和胶水罐，还有装满钉子的锡罐。

轰炸过去几周后的某一天，厨房的桌子上放着一封信，信上有帝国的鹰，利爪上夹着纳粹标志。下面写着三个字母KLV——儿童疏散中心。母亲带着姐妹俩去了火车站。快到晚上时，一列满载儿童的火车伴着呼啸声在菲森停了下来。她们在车站广场的雪地里等了很久，终于等到一辆装有木柴汽化器的卡车隆隆驶来，装走了她们的行李。她们自己则步行出发，穿过莱希桥，沿着乡间小路前往施万高。一到那里，姐妹俩就分开了。

营队队长是希特勒青年团年轻的党卫队上级小队领袖海因茨·曼克斯。这里要集合点名和解散归营，有户外游戏和体育比赛，也有手工活动和歌曲之夜。有时，母亲会来信，说起她在被摧毁的城市里过得怎么样，以及她从父亲那里听到的消息。在哈图的生日那天，她寄来了一个包裹，里面有蜡烛和羊毛手套。她写道，外婆回了维也纳的家。几周后，外婆就去世了。哈图哭得很伤心。工作室里很冷，但哈图仍然坐在工作台上。她从外套的口袋里拿出两样东西——格蕾特烧焦的脑袋和一个折得很小的报纸文章，她小心地展开并抚平了这张报纸。

"'木偶圣坛'获得殊荣！沃尔特·欧米臣及其家人表演了他的木偶剧。"哈图逐字逐句地阅读着这篇文章，尽管她已经几乎能背下来了。报道写的世界已经不存在了。"昨天，我们看到，一个小剧组——实际上演员只有约四十厘米高——以一种非常友好和可爱的方式向观众介绍自己。不过这场演出并不是在市立剧院或市中心，而是在格金根的玛丽亚-斯特恩临时医院，在伤员面前表演的。在 KdF（力量来自欢乐）组织的协调下，伤员度过了一个愉快的下午。"汉斯！哈图想。汉斯当时也在场。她还记得他在修道院的院子里等她的样子。而现在，母亲写道，他已经成为服预备役的炮兵了。希望他什么事都没有！

"三年来，沃尔特·欧米臣和他的家人用所有的设备和自己制作、修补、精雕细琢的木偶装点了舞台。可以说，这是大剧院的延伸，饱含着对戏剧的热爱，在空闲时间也没有放弃对戏剧的追求。现在，一个麻雀虽小、五脏俱全的舞台以一种难能可贵的方式出现了。一切都是从大型设备中复刻而来的,包括各种聚光灯、可移动的舞台、控制灯光的电阻器、女巫的烤箱飘出的烟雾,等等。沃尔特·欧米臣将整个小剧场称为'木偶圣坛'。连表演台都制作得精致而迷人。它竖立在一个狭窄的底座上,在表演开始前向观众展示的是两扇关闭的、被涂成彩色的百叶窗。它们在欢快的巴洛克音乐中来回摆动,并在音乐盒的叮当声中神秘地打开,与掀开的丝质帷幕融为一体。"

音乐盒!当晚,音乐盒也在剧院中被烧毁了。哈图看着格蕾特头上的黑茬儿。她总是想起那个轰炸的夜晚和之后的早晨,阳光无法冲破浓烟;想起墙报上贴着的,关于掠夺和处决"人民害虫"的消息;想起某一天,父亲再次穿着制服站在她们面前,然后离开了家。从那时起,她就觉得自己像个成年人了,却不知道这意味着什么。她只知道自己嘴里发苦,只知道不是自己的责任却感到内疚,只知道自己没有做错任何事但一切都是错的。

哈图看着挂在木工工作台后面墙上的各种刻刀和宽的、窄的、圆形的和半圆形的凿子。一堆被锯好的木块放在地板上。父亲向她解释道,橡木不会磨损,但太硬了,山毛榉也是如此。椴木就不一样,父亲笑着说,它很柔软,易于雕刻,也不会磨损。哈图把剪报折好放回口袋里。她又看了看格蕾特,然后把一块木头拿到了工作台上,用虎钳夹住,从墙上取下一个颇具重量的铁刻刀和一个木块，然后开始工作。

当头的形状大致出现时，哈图把木块放在面前，从其中一个抽屉里拿出一支铅笔画了起来，就像她看父亲做的一样，在正面标出一条垂直的线，然后画上眼睛、鼻子、嘴巴。之后，她抓起一把雕刻小刀。她又一次想起父亲的话：始终让它同你的身体保持距离！他多次提醒过哈图，但从来没有让她雕刻过。哈图不由得想起自己站在旁边看父亲雕刻的场景，感到悲伤，开始雕刻脸颊的形状，将嘴唇刻出弧形，眼球刻成圆形，再用一把锋利的小刀刻出眼睑。"你得注意木头的纹理，这样才不会搞砸。"她又想起了父亲的话。工作台上很快就堆满了刀具，有刻直线的、曲线的，还有以不同方式开槽的，当她停顿片刻时，她惊讶地发现自己实际上在雕刻什么：嘉士伯。

虽然它的眼睛还是瞎的，但它已然看着她。哈图还记得父亲是如何将图钉钉入汉塞尔的眼球，好像在折磨它一样，以及那块受了折磨的木头是如何用亮晶晶的眼神看着她的。她的嘉士伯的眼睛还没活过来，但它已经拥有了灿烂的笑容，上扬的嘴角嵌入圆润的脸颊。但看着它的时间越长，她就越害怕它。因为她给它雕刻出的笑容看上去不是快乐的，而是邪恶的。哈图没有注意到，外面的雪地上刚刚还亮闪闪的阳光早已不见了踪影，她这才发觉自己冷得要命，浑身都在颤抖。黑暗从冰冷的工作室的每一个角落向她袭来。木偶不是活着的，没必要害怕，哈图知道这一点。不过她也知道，眼前这个木偶是真实存在的。

她害怕地看着带着邪恶笑容的嘉士伯，然后又拿起了刻刀。她应该怎么做才能让它看起来开心一些？哈图刚准备下刀，忽然感到皮肤一阵刺痛，她吓了一跳，把刀放下了，血滴在了地板上。她看到红色的血滴渗透了木片，像罂粟一样绽放。

木偶不会呼吸。很长一段时间，它在黑暗中完全安静下来，除了嘉士伯紧身衣上的一个铃铛偶尔响起响亮的铃声之外，什么也听不见。它坚硬的木手抓着她的手腕，一动不动。它的声音突然离女孩的耳朵很近。

"这就是我！"它嘶哑地低声道，"你明白吗？这就是我！"

女孩摇摇头，哭了起来。她不明白它的意思以及它到底想对她做什么。她到底进入了一个什么样的世界，才缩小到了木偶的尺寸？木偶可以说话，不用拉线就能活动，简直像活过来一样，这让她感到害怕。她知道她再也无法忍受这种黑暗了。她颤抖着用另一只手将苹果手机从连帽衫中掏了出来。奇怪的是，嘉士伯没有阻止她。女孩不关心这意味着什么，她只是想让当下的环境亮一点，她按下起始键，屏幕亮了起来。她感到恐惧在彩色的光芒中消退了。但随后她在离自己很近的地方看到了嘉士伯邪恶的笑脸，她终于明白了它说的"这就是我"到底是什么意思。

"原来你在这儿！我正到处找你呢！"

哈图惊讶地看向乌拉

"我好冷。"她轻声说，抱住她的姐姐。

"你完全冻僵了。快来！我给你带来了暖和的衣服。"

哈图点头。她再一次看着脚边绽放的红色花朵，用手紧紧地按住刀口。

党卫队上级小队领袖允许她们在制服外套里穿套头衫，戴上围巾，套上冬靴而不是通常的鞋子。瑟瑟发抖的哈图在冰冷的工作室里换上了衣服。

结成冰的积雪在她们脚下簌簌作响。她们急忙汇入人流，拿起她们的火炬，在白雪皑皑的森林中跋涉。呼出的气喷在她们的脸上。到了河边之后，他们加入了希特勒青年团的队伍，团员穿着短裤和衬衫，带着方形的旗帜和三角旗，一动不动地站在他们堆在空地中央的巨大柴堆周围。高大的冷杉树连成一片黑色剪影，月亮躲到了它们身后。奔涌的河水泛上了冰冷的气息，哈图还在发抖。队伍里一片死寂，直到党卫队上级小队领袖曼克斯，这个比最年长的学生大不了多少的高年级学生，终于点燃了他的火把。火把喷出黑色的气，然后明亮的火光贪婪地喷射出来。曼克斯慢慢地走向那堆木头，鼓声响起，每个人都举起右手向希特勒致敬，他点燃了苍白的木头。

柴堆是由河里的浮木、杂乱的枝条和枯死的冷杉树枝组成的，其中还有根茎和旧木板，大火很快吞噬了这一切。党卫队上级小队领袖盯着熊熊燃烧的火焰，没有回头看同学们。

"在这些年的战争中，"他开始说，"我们永远不能忘记要对牺牲者表达默默的感谢和诚挚的纪念，没有他们，就没有现在祥和的火焰。因此,这把火是为所有忠贞之士点燃的,他们还在遥远的战争前线坚持不懈。此刻,1944年的冬天,致敬我们所有勇敢的士兵,经过五年的英勇斗争,他们正准备在元首猛烈的进攻中将我们的敌人永远赶出欧洲。"

每个人都看到了特别报道,几天来青年团的团员们一直在谈论新的虎式重型坦克,据说党卫军用这些坦克在阿登地区给美国人造成了重大损失。每个人都放开嗓子大声歌唱。"燃烧起来吧,燃烧起来吧。"他们一首接一首地唱着反法战争的老歌,心里只想着火焰,噼啪作响的、明亮的、吞噬着木头的火焰。它冲上黑夜,像一根巨大的柱子,仿佛要点燃天空。

迈尔博士是一位早就退休的拉丁文和历史老师,走上前时感到步履艰难。他靠在雨伞上,摘下软软的棕色帽子时,稀疏的、有些过长的花白头发粘在太阳穴上。团员中传来轻蔑的笑声,但是迈尔博士似乎没有注意到。他把头发从脸上拨开,目光扫过大家,仿佛要记住每一个人。

"冬至,"他用疲倦的声音说,"是一年中夜晚最长的一天。根据《埃达》的记载,我们的祖先认为,一匹名为斯库尔的巨大的狼试图在那天晚上吞噬太阳。对人类来说,那是一个危险的时期。奥丁的狂猎开始了。然而,这个时节也给人勇气和希望。光虽然微弱,但它就在那里。

今天，对黑暗的驱逐开始了。一切看似死去的事物都会重生。"

老师呆滞的脸上闪过一丝浅浅的微笑："黑暗的确还在，但它已经输掉了战斗。"

海因茨·曼克斯漫不经心地举起右手致敬，迈尔低下头。哈图为这位老人感到难过。鼓声再次敲响。现在，她知道主题歌要来了。突然，她的姐姐向前迈了一步，所有人的目光都集中在她身上。

"看哪，光芒照进了门槛 / 帮我们摆脱了黑暗，"乌拉开始用颤抖的声音唱歌，一句比一句更加坚定，"门后就是亮光 / 是美好的、即将到来的时代。"

哈图不明白乌拉为什么要这么做。她更不明白为什么她的目光不离开党卫队上级小队领袖曼克斯。

"未来的大门已经打开 / 向着拥护未来的人 / 带着坚定不移的信念 / 今天我们点燃了火炬。"

乌拉举起双手，哈图听到她的声音在颤抖，伸手摸了摸外套中嘉士伯的脑袋。

"站在尘埃之上 / 你们是上帝的法官 / 信念炙热地燃烧着 / 在光芒中迈进门槛。"

一时间，除了火光的噼啪声外，全场寂静无声。每个人都看着哈图的姐姐，然后她退到哈图面前，哈图看到她眼中闪烁着泪光。

青年团的团员是第一批跑去点燃火炬的人,很快现场就乱成一团。队长们很难让他们的组员排着队在火炬游行中返回各个营地。当哈图的火炬终于燃烧起来时,她开始四下寻找消失在视野中的姐姐,发现她正和曼克斯站在一起,曼克斯正对着她说些什么。哈图等到他转身才走到姐姐跟前。

"你为什么这么做?"

"党卫队上级小队领袖要求我这样做。"

"那是为什么呢?"

姐姐没有回答。

"你怎么了?"哈图胆怯地问。

乌拉只是摇头,眼里又充满了泪水。火光闪烁,在雪坡上排起了长队,照耀在黑暗的森林深处。两人在火炬的照耀下对视。乌拉突然紧紧地抱住了哈图。

"一切很快都会过去的,妹妹!你的嘉士伯还在,对吗?抱着它,温暖它。"

走投无路的时候去哪里?没有目的的时候该选择哪个方向?当一个人每一步都踏进同样的黑暗中时,尤其是四周黑到仿佛她没有睁开眼睛时,她梦寐以求的便是能看到点儿什么,可是眼前出现的只是自己内心的画面。她还在那个诡异的阁楼里吗?还是整个世界都消失了?通过手机屏幕上亮起的光,女孩很庆幸她的手机还在身边,但现在嘉士伯拿走了它。这是自由的代价。伴着那张丑陋的笑脸,从女孩手里夺走了手机,而女孩的力量并不足以反击。

她也不知道在黑暗里跑了多久,突然黑暗开始形成轮廓。黑暗中的阴影仿佛暮色中的雾霭,一会儿上一会儿下,她感觉脚下的地板仿佛和她有了距离。女孩把手放在自己的面前,忽然,一个影子出现了。现在她又是一个人了,所以感觉稍稍有些孤单。终于,她辨认出了一个点——一团灰色的雾渗透进了黑暗,虽然遥远,但她至少有了一个目标。她离这个点越近,这个点就越亮。之后,她终于看清了亮点来自哪里——是从天窗中投下的月光。她没有迷路。高大的架子已经重新映入眼帘,空荡荡的,一个木偶都没有,然后女孩来到之前见过的木偶身边,它们仍然聚集在月影周围,好像什么都没发生过。女孩无力地穿过它们,踏入了月影之中。

"小姑娘,早上好。"李丝公主点了点它的木质头说道。仰面躺着的哈图在木偶旁边抽着烟,她坐起身来,带着疑问的目光看向女孩。

哈图用手挥走苍蝇,但它们马上又飞了回来。现在已经是夏天了。自从四月底以来,在向着慕尼黑的方向进一步推进之前,美国人就占领了这座城市,奥格斯堡进入了和平状态，阿道夫-希特勒广场再次被称为国王广场。天空呈现出很深的蓝色，哈图仰头看向天空。她现在十四岁了，穿着一件母亲用她的旧衣服改制的新裙子，哈图也不知为何觉得自己像穿着新衣服一样。她的手因为摘啤酒花而起满了泡，这是她们青年必须承担的任务，防无水硫酸铜的手套总是很容易撕裂。几片云在蓝天中缓缓飘过，哈图注视着它们。

一辆美国吉普车载着烤煳的栗子穿过广场，后座上坐着的修女穿着正式的长袍，裙裾飘飘。这是费布洛妮娅修女，大家都认识她，她为军政府指挥官和新市长进行口译。与美国士兵交谈是禁止的；从晚上九点半到早上五点，上街也是禁止的。配给卡上的每周配给量是两磅面包、一百二十五克奶酪、一百二十五克黄油和五十克面条。吉普车停在被查封的中央百货公司前，那里飘扬着许多美国国旗。墙上还挂着之前的标语："要么胜利，要么归属西伯利亚"。空荡荡的橱窗像面具一样，后面藏着所有垃圾、家具、地毯、图书，这些东西曾经代表了生活。瓦砾下还残留着的尸体，正在散发阵阵恶臭。

在垃圾山上繁殖的绿色小苍蝇钻进了哈图的头发，爬进了她的眼睛。到了秋天，又要开学了。母亲说，许多人的境遇比我们更糟。哈图想起了父亲，在他终于离开战俘营后，写下了这些文字。

达姆施塔特，伊丽莎白医院

1945 年 6 月 3 日

我心爱的罗斯和宝贝女儿们！

今天又是星期天，是美好的一天。我在花园里散步，无数次走过这些小路。我认识每一棵树，每一块石头——每次和我打照面的都是它们。能来到这里，我很庆幸——因为在营地里，晚上应该时不时会不舒服。我们没有收音机了，只听得到谣传。有时它们带来幸福的希望；有时它们阴郁得可怕，带来不眠之夜。哎！这种折磨太可怕了，上周很快就过去了。我被允许在木匠的工作室工作，并为自己制作了一个木偶，一个"骨人"。它简直精致得可怕。牙齿会嘎嘎作响、胳膊和腿可以四处活动，头可以和躯干分离，然后再接回去。这是一个很好的手工艺品，木偶架是机械的。

"那个木偶是您的嘉士伯吗？就是您当时在营地里雕刻的那个？"

在刚才的黑暗之旅中，女孩一直想着要让哈图完整地告诉她嘉士伯的故事。但是现在她只感觉到愤怒。

"它这样是无可奈何的。"

"可是它也太坏了！"

"它亲历了战争,就像我们所有人一样。"

"它为什么一直唱那首歌?"

"什么歌?"

"那首关于火的歌。都把我吓哭了,听起来太可怕了。'燃烧起来吧,燃烧起来吧。'它用那种嘶哑的声音一遍又一遍地唱着。'燃烧起来吧,燃烧起来吧'。"

"我在你这个年纪的时候,"哈图轻声说,"非常喜欢这首歌。但战争结束后,我们喜欢的一切都突然消失了。可这首歌不会消失啊。我们对此感到内疚。"

"孩子们不应为所发生的事情负责。"

"没错。就像你不应该为你爸妈之间发生的事情负责一样。然而,当时对我们来说感觉是不一样的。"

"这和我爸没关系!"女孩越来越生气,"嘉士伯拿我的苹果手机做什么?"

"你的苹果手机?"

"是的。直到我把手机给了它,它才放我走的。"

女孩说这句话的时候,木偶们一阵骚动。就连红喙老仙鹤也抬起了头。

"我应该来问您关于它的事,它说。我想让您告诉我关于它的故事。"

哈图担忧地看着女孩。"它不能拿着电话的。如果它使用电话,会毁掉阁楼,毁掉整个世界,毁掉我们所有人。"

"用我的苹果手机？怎么就能毁掉呢？"

"它会把所有东西都捆绑在一起。"

"胡说八道，"女孩学着大人常用的口吻，"这上面连信号都没有。"

"就算没有信号，你也必须把它拿回来。"

"我？我永远不会再到它身边！我甚至不知道如何找到它，也不知道我是怎么回到这里的。"

"没关系。"哈图平静地说。

"您听不懂吗？我不认路。"

"我告诉你啦：没关系。"

女孩感觉到她之前在黑暗中的恐惧再次升起。仿佛感受到嘉士伯抓住她的手腕，听到它嘶哑的声音。

"我的力气根本不足以把苹果手机从它那儿抢回来。您去吧。毕竟它是您的嘉士伯呀！"

"抱歉，这不可能。"

"为什么？"

哈图只是摇头，一言不发。

"您就告诉我吧！如果您想让我这样做，就必须向我解释清楚。您得告诉我它的故事呀！"

"你会知道这个故事的。但相信我，现在你得去拿回来。"

"为什么呢?"

哈图只是带着悲伤的笑容看着女孩。然后女孩明白了:哈图害怕,她害怕自己的木偶。想到这里,她感到黑暗再次向她袭来,再次感到了异常的孤独。但是当一个人完全被抛弃时,反而会以一种悲伤的方式聊以自慰。女孩平静地环顾四周。当李丝公主的目光与她的目光交会时,公主低下了头,仙鹤把它的喙重又放在长腿上。其他的木偶都没有动。

"好吧,"女孩说,"我去。"

突然,木偶之间有了动静。其中一员挤过一众木偶,蹒跚地走进月光中。

"我跟你一起去!"

少女忍不住放声大笑。长到这么大,她都没有想过脖子上挂着粉色奶嘴的绿色小恐龙会像现在这样站在月影中间。

"乌梅尔和你一起去。你不能一个人去。"

还没等女孩回答,另一个声音响起:"我也去。"

说话的是小纽扣吉姆,它突然站到了女孩面前,戴着蓝色的火车司机帽。

"等一下!那我也去,反正你们都去了。"

一个有着蓬乱的黄色鬈发的小家伙从一众木偶中挤上前来:"没有我,你们走不了多远的。我最能在黑暗中找到路了。"

"你是谁?"女孩问。

"你不认识我?"

披着国王斗篷、挂着颇有分量的金链子的小家伙显然被冒犯了,它站在小纽扣吉姆和乌梅尔面前:"我是卡勒·维尔士,小矮人之王。"

女孩看着她的三个新伙伴。虽然她不知道他们是否有机会对抗嘉士伯,但她很高兴不必独自应战了,这才是最重要的。她放心地躺在月影中三个小伙伴的脚边,双手放在头下,闭上了眼睛。

"现在我真要睡觉了!明天又会是新的一天。"

哈图靠着垫子，看着雨水顺着窗户流下来。她仍然记得那个爆炸的夜晚之后，母亲花了多长时间才找到一名装玻璃的工人来给窗户换上新玻璃。为此她垫上了自己的首饰。轻柔的钢琴曲从起居室里传了出来，埃尔纳·克罗赫开始弹琴了，哈图猜是肖邦的曲子，倾听着断断续续的旋律。克罗赫的两个儿子沃尔菲和克里斯托夫在走廊里叽叽喳喳，哈图等了一会儿，终于盼来了他们的父亲勒令他们老实点儿。哈图看着姐姐熟睡的面庞，她丝毫没有被这一切打扰，哈图也再次闭上了眼睛。她的注意力不自觉地从一件事转移到另一件事，从雨声转移到钢琴成串的音符，再转移到小男孩的叫嚷声，然后又回到音乐声，再回到柔和的、有节奏的雨声，最终，当她睡着的时候，雨声像帷幔一样隔住了整个喧嚣，让周遭的一切都安静了下来。

铃声一响，哈图立刻醒了，她从床上跳起来，打开了门，是父亲回来了。他被雨水浸透了，水从他的旧国防军外套上滴到地板上。

他在厨房里待了一会儿，脸上仍然保持着哈图第一眼就注意到的那种空洞而惊讶的表情。浓密的胡须遮住了半张脸。母亲用仔细保存好的咖啡豆煮好了咖啡，父亲双手握着咖啡杯。当他放下杯子时，母亲抓住他的手并紧紧握住。两个男孩张着嘴坐在埃尔纳的腿上，乌拉和哈图面对着父亲，弗朗茨·克罗赫靠在窗户上。

"当我们被送往前线的时候,到处都是一团糟,没人提前知道消息,我甚至已经发了好几天的烧。军医只看了一次我的喉咙,就挥了挥手说:扁桃体上有脓肿。但是他没法再让我上医院了,一切都已经解散了。我只能自生自灭,所以我就走了。后来我听说,我的部队被彻底摧毁了。一百二十人只回来了五人,只有五人。"

"她爸,你不想脱掉外套吗?"母亲问。

他心不在焉地点点头,没有站起来,从湿漉漉的灰色外套中挣脱出来。乌拉把外套拿到外面的衣帽间。穿着破旧制服的父亲看上去十分瘦削。

"你们呢?"他对埃尔纳歪着嘴笑了笑。

"都被炸毁了。公寓和照相馆,都没有了。罗斯非常好心地收留了我们。不过现在你回来了,我们还住这儿的话可能会有些挤。"

"不,不,"他摇头,"你们当然要留下。"

当克罗赫一家站在门前时,他们很快就达成了一致,在最近的这段困难时期,他们也能够互相帮助,帮着到乡下囤东西,帮着凭配给卡排队,以及母亲觉得有男人在家更安全。她将卧室让给了他们四个,但当天他们又把父母的床还了回来,因为克罗赫一家还是觉得客厅里的沙发就可以了——外婆去年也是睡在这个沙发上的。给孩子们用的床垫放在了沙发旁边。每个人都知道自己是幸运的,而其他人就不一定了,这就是为什么没有人敢谈论自己的经历。战争在这种沉默中慢慢过去,大家为此感到高兴。哈图受不了所有人都直视前方的样子。

"盒子里装的是什么?"她问道。

刚才父亲站在门口时,胳膊下夹着一个盒子,他得先放下盒子,哈图才能抱住他。这是一个被浸湿的棕色纸板箱,缠着几圈已经磨损的绳子。当他们走进厨房时,父亲也带上了它,现在它就放在椅子旁边。但现在他得反应一下才明白过来哈图说的是什么意思。随后他点点头,把它搬到桌子上。

"在我最后去的那个军区医院里,有一个右臂碎裂的蒂罗尔人,"他开始讲述,"他是一名木雕师,在战前制作圣母玛利亚的雕像,但也制作木偶。我跟他说了我们的木偶圣坛。于是一拍即合!然后我们就一起去折腾那些木头和工具。因为他只有一只手臂,没办法精准地雕刻了,所以他更多地是向我示范。"

父亲剪开盒子的包扎绳,拿出塞在盒子里的皱巴巴的报纸。然后他把手伸进去,拉出一个木偶架,一只仙鹤跳到桌子上。有着红色的喙,它小心翼翼并着两条长腿,头好奇地左右摆动。沃尔菲和克里斯托夫站在桌子边上,盯着木偶。

"多漂亮呀!"妈妈说。

父亲一言不发地把木偶架递给她，又在盒子里翻找了起来，随后拿出第二个木偶架，男孩们吓得尖叫起来——摆在桌面上的是死神。

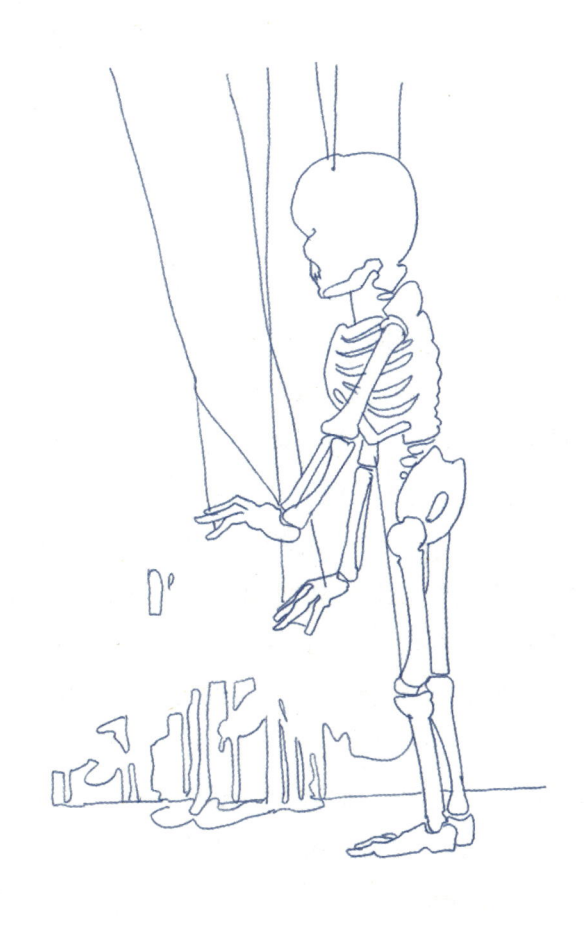

哈图踩在自行车后部的踏板上，随父亲一起骑自行车离开院子，拐进多瑙沃特大街，他背上的大背包就像一个充满了气的气球。这是一个阳光明媚的秋日，街上的男人们穿着短皮裤，女人们则最后一次穿上了夏装。街上最多的依然是美国的吉普车和卡车，还有几辆马车，偶尔还能看见手推车，上面高高地堆着家居用品或木头，由老妇人或十几岁的男孩拉着。在十字路口，秘密谍报员调节着并不拥堵的交通。路灯上到处都是军队的指示牌，上面写满了令人费解的驻奥格斯堡的"第71步兵师"和"第3军政府团"的缩写。

虽然抢劫会受到法律的惩罚，但父亲几乎每天都去满目疮痍的城市里寻找木板、织物、铁丝和钉子。他和哈图小心翼翼地翻过瓦砾，进入市政厅的废墟。哈图依稀记得大厅天花板上的金色雕刻，还有闪闪发光的大理石地板。一切都没有了，一切都被夷为平地，建筑的外壁向天空敞开，墙壁被火烧得焦黑。废墟是多么的安静啊！哈图在废墟中游荡时深切感受到这一点。一旦离开清理干净的街道，走进面目全非的废墟中的狭长小道时，一切都变得安静而死气沉沉。没有声音，没有动物，没有人，只有鸟儿在断壁上空盘旋。如果它们不小心迈出一步，那么一些碎片就会在寂静中滚落下来。父亲弯下腰，从一堆烧焦的横梁下抽出一块薄薄的金属片，卸下背包把它装起来。他指着一块掉落的屋顶碎片，它像一块浮冰一样在屋内冒着头。碎片下面闪闪发光，哈图好奇地弯下腰。在黑暗中，她看到一盏枝形吊灯，几乎完好无损。当他们再次离开市政厅时，他们仔细地记下了这个位置，以便之后有机会来取回吊灯。

他们沿着临时地方铁路走了一段时间，跟在将瓦砾运输到城外的敞篷货车后面。其间他们想越过一长排妇女——她们正从被炸毁的房屋中一个接一个地传递锡桶——却不得不等她们完工后才继续前行。在圣乌尔利希圣殿背后的米尔奇贝格的一块瓦砾旁，他们再次驻足。阳光照进古老的木框架结构的房屋的废墟中，哈图跟随父亲穿过横梁、木板、砖块和残破的家具。父亲再次取下背包，从各处装一些他认为有价值的东西带走：完好无损的木条，一打还能使用的钉子，两根细细的金属丝，一截从手臂粗的橡木上断裂的末端。

不知过了多久，父亲放下了已经很重的背包，和哈图小心翼翼地坐在一张残破的沙发上，红色的天鹅绒在一堆破烂中格外醒目。这里很安静。父亲费力地从他的夹克里翻出一张折起来的纸，递给哈图。

> 通过三年的努力，我和我的家人建了一个木偶剧场，我们于1943年秋天首次向公众展示了它。很荣

幸，受到观众的热烈欢迎和媒体的好评，我们扩建了这个剧场。1944年2月，它被一颗炸弹完全摧毁。去年9月，当我被征召入伍时，本已立即开始的重建工作被打断了。自从14天前我被放出战俘营之后，我们又开始继续建造木偶剧场，毕竟这个剧场对于我和我的家人来说也是收入来源。我请求允许以"奥格斯堡木偶剧院"的名义在这个剧院进行公开表演。

"什么叫'收入来源'？"

"意思是我们没有钱。作为帝国剧院的前任地区负责人，我没法摘掉纳粹的标签，所以我没法回到剧院。"

"那为什么以前要当帝国剧院的地区负责人呢？"

"哎，哈图！"

父亲抿着嘴唇摇了摇头。哈图等他继续说下去，但他什么也没说。

"所以我们要开自己的剧院了？"她问。

"是的。但和木偶圣坛完全不一样。"

"为什么不一样？"

"因为木偶圣坛和其他所有的东西一样，都被烧毁了！这就是为什么我们现在正在制作可以在任何地方表演的东西，包括在废墟中。这就是一个木偶专属的木偶剧院。"

哈图不禁想起她那个有着邪恶面孔的嘉士伯。她还是不敢给父亲看，也不知道该怎么开口。父亲起身，背起背包，和哈图再次出发了。快到通向城外的红门时，父亲突然停在了医院街，圣灵医院的巴洛克式入口有着高高的屋顶和整齐排列的窗户，临街而立。门是敞开的，但哈图不记得曾经到过里面。他们在这里停放了自行车。

"埃利亚斯·霍尔建造了它，"父亲解释道，"他是中世纪最著名的奥格斯堡建筑大师。"

大门直接通向一个大厅。巨大而低矮的柱子上覆盖着一个拱顶，除了一个角落里有几张旧椅子和桌子外，整个大厅空荡荡的。父女俩看到，一个男人正在那个角落里忙碌着。他戴着一顶旧军帽，用拇指和食指扶了扶帽檐以示问候。

"您在找什么？"

"我们只是随便看看，"父亲笑着看着这个胡子拉碴的老人，"这里有什么？"

"这里？这里什么都没有，也就只能卖卖邮票了。战前有时会进行人口统计，但很久没做了。"

"所以大厅一直是空的？"

"大多数时候是的。"

和以前一样，弗罗尼在重新开学的第一天结束时就等候在安娜喷泉旁,并对哈图微笑。在哈图看来,她消瘦得可怕,有点衣冠不整,尽管她的衣服并没有弄脏。她的黑发剪得很短,噘起的嘴唇干燥得开裂。两个女孩紧紧拥抱了很长时间。哈图闭上眼睛,将鼻子抵在弗罗尼的脖子上。

"你听说'榆木白痴'上吊自杀了吗?在教室里。据说他的舌头从嘴里伸出来,恶心死了。我忍不住一直想着这个画面。"

"我也是。"弗罗尼平静地说。

她的父母在爆炸当晚去世了,他们从来没有谈论过此事。哈图感到一阵悲伤在拉扯和刺痛她,一时间不知道该说些什么。

"你住在谁那儿?"她终于问道。

"在集体宿舍,我一个人。"

哈图点点头。她不敢问弗罗尼过得怎么样。

"你那里有钢琴吗,弗罗尼?"

她马上就意识到这是一个愚蠢的问题。

当女孩再次睁开眼睛时,她一下就意识到自己还留在黑暗的阁楼中,感到无比悲伤。她暗暗希望自己能从噩梦中醒来,但是从高处的窗户投进来的月光仍在地板上形成了一块圆圆的月影。而女孩也依旧躺在月影的中间。

但有一点不同了:她现在孤身一人。哈图和所有木偶都不见了,孤零零的阁楼陷入黑暗之中。女孩的心中再次升腾起恐惧。但随后她发现小纽扣吉姆、乌梅尔和国王卡勒·维尔士静静地坐着,看着她,女孩心中的石头落了地。

"我没睡着吗?"

"不是哦,"乌梅尔轻声说,"你睡了很长时间。"

"可是现在还是晚上。"

"这里一直都是晚上。"

"其他人去哪儿了?"

小国王卡勒·维尔士只是耸了耸肩,乌梅尔和睁着大眼睛、戴着蓝色火车司机帽子的小纽扣吉姆也同样耸了耸肩。显然,它们仨正在等待女孩告诉下一步该干什么。但在女孩再次出发踏入黑暗之前,她还有问题要问。

"嘉士伯到底是怎么回事?"

"这是个秘密,"小纽扣吉姆轻声说,"我们木偶只知道它不能和我们在一起。哈图不愿意。"

"和战争有关。"乌梅尔口齿不清地说。

"战争?你知道什么?"

乌梅尔摇了摇头:"什么都不知道。"

"我想我是在那之后出生的。"小纽扣吉姆犹豫地说。

"也许这个秘密与哈图的父亲有关?你们知道他吗?"

乌梅尔叹了口气:"乌梅尔没有爸爸,乌梅尔是从蛋里孵出来的。不好意思噢。"

"我是从一个邮政包裹里出来的。"小纽扣吉姆伤心地说。

"我们小矮人和你们人类不一样，"小国王卡勒·维尔士严肃地清了清嗓子，"我们不确定父亲是谁，我们所有人都一起照顾孩子。"

少女惊讶地看着它们仨。多么奇怪呀，它们三个都没有真正的家庭！或许这意味着什么？

"你们都是哈图幻想出来的。"女孩若有所思地说。

"幻想出来的？"卡勒·维尔士被激怒了，"我可是小矮人之王！"

女孩笑着看着这个披着国王斗篷、戴着金色国王项链的小家伙，一瞬间没有之前那么害怕了。琢磨那些她无法解释的事情是毫无意义的，她们必须一起找到嘉士伯，其他的都不重要。她振作地站了起来。

"来吧，我们走吧！"她对同伴们说。

当她们离开月影时，四下立刻变得暗了起来。女孩感觉到内心的恐惧再次升起，越来越强烈，随着她们慢慢地走进深不可测的黑暗中，恐惧再次开始完全填满她的心。

"哈图！"

哈图马上就知道了喊她的是谁，在多瑙沃特大街另一边的加油站看到汉斯时，她很高兴。他已经小跑到她身边，穿着整套工作服，戴着帽子，看起来就像一个真正的加油站服务员。

"你需要汽油吗？我来安排。"

"你是真的长大了还是怎么的？"

汉斯听到哈图这么说，脸红了起来，哈图有些后悔没有以更友好的方式跟他打招呼。谁知道他现在到底过得好不好呢？她听说他作为炮兵服预备役后，最终被美军囚禁了起来。父亲听到汽油应该会高兴吧。他的汽车虽然在爆炸中稍有损坏但幸免于难，已经停产数月。

"你不去上学了吗？"她温和地问。

他双手插在被汽油涂脏的工装裤口袋里，摇了摇头。

"我还得去上学！"片刻后她说，然后举起旧背包，里面装着她今天终于要给父亲看的嘉士伯，"我们下次再见？"

汉斯还没来得及回答，她就已经走上前往克拉泽尔特的礼堂的路上了，父亲已经把过去几周在这座城市的废墟中收集的所有东西摊在那里的工作台上了。厚木条和木框、木板和残余的金属丝、钉子和织物碎片、装饰边和花边、钩子和一些边边角角、彩色的壁纸碎片、破损的扫帚柄和手制的桌布、亮晶晶的贴面板和各种尺寸的钉子。中间放着他从军区医院带来的两个木偶：仙鹤和死神。

"今天你能告诉我它是干什么用的吗？"哈图指着骷髅架问道。

父亲回来那天让骷髅在厨房的桌子上动起来时，不仅仅是骷髅的大脑袋以及一直盯着大家的空洞眼窝让哈图害怕，而且当木偶的所有骨头都散开，然后又像幽灵一样突然重新组装起来时，所有人都毛骨悚然。

父亲用木偶架控制着骷髅在堆满物件的工作台上笨重地前行，仿佛走在一片废墟中，它的牙齿一开一合、咔咔作响,手的指节四处摸索。但随后它忽然四分五裂,死神降临了,它成了躺在垃圾之中的一堆白骨。

"那个蒂罗尔人向我展示了该如何操作。我们与军区医院的一位医生交了朋友,他告诉我们所有骨头看上去应该是什么样子,包括关节窝、肋骨和椎骨等,以及它们是如何组合在一起的。"

只需轻轻移动一下木偶架,一切就会重新组合起来,就好像什么都没发生过一样,死神又活了过来。

父亲把木偶架递给哈图,她很快就掌握了它的工作原理。她一次又一次地让骷髅倒下来,又将它们重新拼合起来,却始终无法控制自己不断出现的轻微冷战。最终,她放下了木偶,认真地看着父亲。

"我有东西要给你看。"她说。

当她拿出嘉士伯时,她向父亲讲述了她在施万高的工作台,以及她在那里是如何第一次尝试雕刻木偶的。现在,嘉士伯的头放在工作台上,紧挨着死神和仙鹤,她仍然觉得它很可怕,不敢看它。哈图犹豫地把这件事告诉了父亲。

"他真的有点阴森森的。我们能让它看起来友善一些吗?"

哈图还没来得及回答,父亲已经像拿苹果一样把嘉士伯的脑袋拿在手里,另一只手拿着刻刀,戳进了嘉士伯的嘴巴和鼻子,随后又戳进了它的眼睛——曾经让哈图鼓足勇气才能直视的地方。哈图看的时候觉得自己的眼睛都在疼。父亲从桌上的所有东西里翻出两颗木珠,拿来一罐胶水,抽出滴胶水的刷子,滴了两滴在它眼窝里被割出的伤口上,然后把珠子固定在里面。他自豪地将头伸向哈图。

"它现在是一个真正的巴伐利亚的嘉士伯啦。"

确实,它现在看起来像个可爱的小男孩。然而哈图感觉到自己仍然害怕它,她也不知道这是为什么。

"哎,欧米臣先生,"用蓝白布条盘着头发的老妇人叹了口气,"我总是喜欢回忆你演查理姨妈的时候是多么有趣。"她松软的脸颊因悲伤而颤抖:"没有您的剧院我们谁都无法想象。"

父亲微笑着把罗斯和孩子们拉到她们的座位上。路德维希礼堂有着一个椭圆形的新艺术风格的大厅,曾经是举办大型舞会的地方,奇迹般地在战争中幸存了下来。此时,大厅里座无虚席。由于一直没有烧煤,人们一直穿着外套,围着围巾,戴着帽子,披着披肩,把冻得要命的手藏在手笼和手套里。首先,文化部负责人伍德发言。他强调了大家对恩斯特·维歇特的感谢,这位受欢迎的作家没有像许多人一样移民,而是与他们一起度过了过去的十二年。

当这位作家走上舞台时，观众们戴着手套的掌声听起来有些低沉，他是一位头顶戴着花环的老人，穿着过肥的浅色外套，衬衫上的黑色领结非常大。

"我们曾经也有祖国，它叫德国。这个国家曾经和其他国家一样。人们在这里工作、欢笑、相爱和受苦，和在其他国家一样。"

维歇特的声音在宽敞的大厅里显得格外轻。哈图感觉到每个人都想尽量保持安静，但这正是她分心的原因。只有当提到"万字符"这个词时，她才会认真听。"这个标志被写在城墙和栅栏上，写在臂章和领带的别针上，写在岩石和信笺上，然后它被烙进了人们的灵魂。这就是我们首先看到的。然后我们看到了制服、奖章、靴子、金线、棕色的滚轮，它们驶过灵魂的田野，把灵魂的土壤轧得光滑平整，以使新的种子生根发芽。然后我们就看到了新的旗帜。然后我们就听到了新的歌曲。"

听到"歌曲"时，哈图转头看向乌拉，乌拉一动不动地盯着她面前的地板。哈图为姐姐感到难过。此时的维歇特谈到了营地和在那里因酷刑和殴打致死的人的哭喊声，谈到了在德国土地上洒得越来越远、越来越红的血泊。"在这十二年里，一个民族被剥夺了他们最属于自己、他们一直拥有的最宝贵的东西：他们的青春和对未来的保证。在这十二年中，将一个民族同他们的过去捆绑在一起的最后一根线被切断了，将这个民族和其他民族的环境连接在一起的最后一根线也被切断了。""这些线"，哈图想象着大厅里的每个人都是木偶，被切断的线从它们的胳膊和腿上垂下来，弯弯曲曲地盘在地板上。

"我们现在站在这里，看到永恒的星星在地球的废墟上闪烁，听到雨水倾泻在死者的坟墓和我们这个时代的坟墓上。在这个地球上，没有哪个民族像现在这样孤独，没有哪个民族像现在这样被烙上烙印。我们把额头抵在断壁残垣上，轻声叩问着人类古老的问题：我们该怎么办？"

这位作家的问题悬在所有一动不动的、仿佛凝固的观众的脸上。在座的女人比男人多很多，只有少数留着大胡子、塌着肩膀的老人。观众们穿着破旧的制服外套和已经磨损的毛呢裙子，戴着自己仅有的珠宝。在哈图她们前面坐着的是一位身穿黑色裘皮大衣、头戴纱帽的老妇人。哈图从椅子间的缝隙看过去，看到她从手提包里拿出一条白色手帕，在面纱下擦了擦眼睛。

"我们应当意识到，我们是有罪的，或许要一百年才能将罪恶从我们的手上洗净。我们应当从罪恶中意识到，我们必须赎罪，长期地、卖力地赎罪。我们不配拥有幸福、家园和安宁，因为我们让其他人变得不幸、无家可归、鸡犬不宁。"哈图看着她旁边的父亲，他的目光一直没有离开作家。她看到他的双唇紧闭，下巴上的肉更加凸显出来。"财主从废墟中挖出他们的房屋和财宝。但你们应该挖出比这些埋得更深的东西。"

哈图伸直了腰，想仔细看看维歇特那个戴着大领结的消瘦老人。她想起了和父亲一起在废墟里游荡的经历。他们应该挖什么呢？

"你们，"他轻声说，"应该从仇恨的废墟中挖掘出爱。"

掌声很短促。所有人都急着离开冷得像冰窖一样的大厅。当观众们经过父亲面前时，又有许多以前在剧院就和父亲相识的人跟他打招呼。"只是些老套的、虚伪的腔调，"市立剧院的新任经理圭多·诺拉在大厅出口说道，"维歇特绝对应该提到法西斯主义兴起的经济和政治原因。"奥格斯堡基督教社会联盟的联合创始人、性格执拗的克劳斯·穆勒翻了个白眼说道："他的忧虑完全错了方向，维歇特认为每个人都有罪，甚至是国防军，他们除了尽职尽责之外什么也没做。倒下的人当然是我们的英雄啊！"

"大家看起来很瘦啊，"父亲边说边打量着拥出的人群，"但文化对他们来说几乎和匮乏的食物一样重要。"

"至少我们这里没有其他地方那么糟糕。比如之前听说的柏林的消息！"经理摇摇头。

"这根本不是重点！"父亲严肃地看着他，"我们必须触及被纳粹腐蚀的年轻人的心。我们将年轻人和文化再次串联起来的线,便是我的木偶的线。"

"您的木偶?"

"是的,我的木偶剧院的木偶。"

"您想建立一个木偶剧院,欧米臣?"诺拉怀疑地问道,"我的意思是,黑暗时代过后您还有更重要的工作呀!回到剧院吧。一旦您摘掉纳粹标签,将再次成为首席导演。我需要您!"

父亲摇了摇头。他看向哈图并牵住了她的手。"哈图和我几天前路过了圣灵医院。那里的大厅是空的。"

克劳斯·穆勒打量了他一会儿,然后严肃地点点头。"好吧,欧米臣,如果那是您真的想做的事,我会告诉伍德您的决定。"

哈图费劲地控制着自己不要欢呼起来。她兴奋地环顾四周寻找她的姐姐和母亲,但她们正在和一位老阿姨深入交谈,阿姨正轻轻地拍着乌拉的脸颊。

"那太好了,"父亲平静地说,"但必须有人来处理门票销售的事宜,还有夜场售票、衣帽间之类的所有事务。至少在初始阶段我们需要这样的人。"

"诺拉?"穆勒转向经理,"您怎么看?"

"我不知道,"他结结巴巴地说,"也许我们可以通过拟一个客座演出合同来解决这个问题?"

穆勒满意地点点头:"没错,将欧米臣招至您的麾下。"

"那对我真的有很大帮助。"

"欧米臣先生,您的剧院打算叫什么名字?"导演苦笑着问道。

"奥格斯堡木偶剧院,我们之前想好的。不是吗,哈图?"

当女孩们绕过防火墙的残骸时,突然被六个孩子围住了,孩子们紧紧地跟着她们,跟她们说话,小手立刻飞快地插进了她们的口袋里;他们中的大多数人都很瘦,头发剪得光秃秃的,他们有的裹着拖到地上的军大衣,有的裹着羊毛毯子,脸像老人一样形容枯槁地从衣服上探出来。哈图看到废墟的一角正在熊熊燃烧。他们连珠炮一般地问她要去哪里、有没有吃的。他们问个不停。"你什么都没有吗?拜托给我们点东西吧!"

哈图为小家伙们感到难过，但她没有带任何吃的东西。她无助地看向离她几米远的弗罗尼，她似乎对此一点也不惊讶。相反，她向一个男孩挥手，这个男孩正慢慢地从火堆边的床垫上站起身来，他比其他人年长。哈图看清了床垫上的两个女孩，她俩正冷漠地看着哈图，其中一个不顾严寒，只围着一条狐狸毛围巾，穿着一件丝绸小衬衫。哈图想问问她的朋友来这里干什么，但当她想去找弗罗尼时，许多小手以惊人的力量抓住了她，让她无法动弹。弗罗尼和他们的"领头"交谈，领头是一个穿着奇异制服的骨瘦如柴的男孩。他用脏兮兮的手拂开弗罗尼脸上的头发，然后他们接吻了。哈图无法相信她的眼睛。过了一会儿，弗罗尼来到她身边。

"我们走吧。"她轻声说。

孩子们放开了哈图，她跟在弗罗尼后面跌跌撞撞地回到黑暗中。她不知道弗罗尼到底想去哪儿，这位朋友的行为非常神秘。月光笼罩着废墟，温度也很低。弗罗尼故意沿着一条狭长的小路越过成堆的废墟，经过敞开着的黑色地窖入口，在裂开的窗侧保持着平衡，在乱七八糟的铁梁和摇摇欲坠的砖墙下溜过。不知过了多久，哈图听到一个声音传来。她在期待什么？声音听起来不像德语。恐惧感在哈图心中升腾起来。

"别害怕，"弗罗尼看向她，宽慰她说，"继续跟我走吧。"

声音越来越大。她们站在一栋被撕裂的房子的残骸前，房屋的正面被炸毁了，可以直接看到房间内部，像木偶屋一样。哈图在黑暗中看不到太多东西，只能看见家具的轮廓，以及五颜六色的墙纸碎片在闪闪发光。破房子的二楼中，一缕光闪烁着，这是一支蜡烛投下的微光，伴随着外国人说话的声音。那是英语，哈图想。弗罗尼顺着她的目光点了点头。她已经站在被埋了一半的、通往楼梯间的入口处。

"上去？"哈图问。

她们每走一步，楼梯都在吱嘎作响，柱子的中心直通外部，黑色的夜空沿着柱子裹挟着她们。听不懂的语言在破房子的墙壁之间响亮地回荡着。到了二楼，弗罗尼爬过一扇破碎的公寓门，进入一个房间，里面放着一张宽大的黄铜床。有人把它推到了最远的角落，尽可能远离房间直通夜色的破墙。旁边放着一张小桌子，桌上有一盏灯，灯罩和灯泡都裂了，照亮房间的蜡烛卡在残破的灯头里。它的光落在那个声音的来源——一个播着英语广播的收音机，还落在坐在床上的汉斯身上。

哈图惊讶得说不出话，只能默默地坐到他旁边。他咧着嘴笑着从地板上捡起一个瓶子，递给她作为问候。弗罗尼和他们两个一起倒在床上，拿起放在床单上的烟盒，从里面弹出了一支好彩牌香烟。哈图喝了一口酒,酒精在她的喉咙里燃烧了起来。她从来没有喝过酒。

"我饿了,"弗罗尼对汉斯说,"你有吃的吗?"

汉斯摇摇头:"对我们来说,现在并不像整个战争时那么糟糕。"

"妈妈今天烤了甜的小饼干。"哈图尴尬地说。不用为食物而担心这件事让她很局促:"乌拉和我采了山毛榉的果实,因为我们没有坚果。"

"至少还有吃的。"弗罗尼说。汉斯则什么也没说。

哈图又喝了一口酒。她无法摆脱刚才在废墟中那些孩子们的画面,又忍不住想起那个男孩是如何亲吻弗罗尼的。他是谁?她不敢问弗罗尼这件事。她继续喝着酒,开始感觉到头里塞了棉花一般,但又莫名觉得平静了下来。

"我们要做什么?"她轻声问道。

"听收音机。"汉斯说,指了指收音机的方向。"这里是慕尼黑美军广播电台,"他模仿起英语的腔调,"第三军在说话!"

"你们听到纽伦堡的消息了吗?"弗罗尼把她的香烟弹出了房间,烟头消失在黑夜中。

"纽伦堡发生了什么事?"哈图想知道。

"审判主要战犯。"弗罗尼一个字一个字地强调,仿佛她不敢相信她的朋友对此一无所知。

"邓尼茨、赫斯、戈林、席拉赫、里宾特洛甫、弗兰克、凯特尔、斯特雷切、卡尔腾布鲁纳、绍克尔、施佩尔、约德尔，"汉斯一一列出，"我有漏了谁吗？"

弗罗尼耸了耸肩："你们听说过布痕瓦尔德的女巫吗？她喝了犹太人的血，用他们的皮肤做了灯罩。"

收音机里传来一个柔和而有力的男声。"晚上好，欢迎收听'空中音乐'，适合傍晚的音乐，适合放松、用餐或享受时聆听！"

汉斯对哈图微笑，她也回以微笑。她又喝了一口酒后把瓶子递给他，然后将脑袋靠到一个枕头上，闭上了眼睛。

"平·克劳斯贝，"轻柔的声音说道，"由莱斯·保罗伴奏的三重唱歌曲《已经很久很久》。"

音乐在废墟中飘荡。

有那么一会儿，她们站在原地没有动，彼此挨得很近。随着月影渐渐远去，她们很快意识到，在黑暗中，最重要的事情就是要抱团。只要远离群体一步，便会举步维艰。于是她们牵起了手。大部分时候没有人说话，但女孩清楚地听到了木脚发出的轻柔的咔哒声，很庆幸在这个深不见底的夜晚不再孤单。

"我们到底要往哪个方向走？"过了一会儿，乌梅尔问道。

"我不知道。"女孩说。她完全不确定她们是否会找到嘉士伯。但为了让乌梅尔放心,她补充说:"哈图说,找不找到没关系。"

"瞎说!我们矮人总是知道在黑暗中要去往何方。"小国王卡勒·维尔士说,把每个人都拉到它身后。

"哎呀!"乌梅尔松开了女孩的手。"乌梅尔摔倒了。"它在黑暗中哀号道。

它过了一会儿才站起来,重新把自己的手放回女孩的手里。黑暗中最糟糕的便是丧失勇气,现在她们四个小伙伴的心中都涌上一股虚无感,似乎越来越不想再踏出一步。尽管如此,她们还是继续前进。

母亲的目光与镜子中哈图的目光相遇了。她在浴室昏暗的灯光下看着女儿,好像她们很久没见面了一样,母亲用手抚过哈图的头发和白色的睡衣。哈图关掉了水龙头。

"怎么了,妈妈?"哈图对着镜子问道。

母亲摇摇头。

"没什么,"她笑着说,"你都长这么大了!已经出落成真正的少女了。"

吹奏乐器的声音得意洋洋地划破空气,一个女人的声音打破了一片寂静。她唱歌的节奏，既渴望又冷酷，踩着弹奏着的贝斯的节拍，玻璃制的小号声再次响起，女人的声音在欢呼："和我在一起，你是闪亮的。"

"是德语哎。"父亲很惊讶。

"是犹太语吧。"弗朗茨·克罗赫说。

"是意第绪语。"他的妻子纠正道。埃尔纳靠在钢琴上，上面放着便携式留声机。这是她从轰炸中抢救出来的为数不多的东西之一。它的盖子打开了，黑胶唱片就放在旁边。

"我感觉这听着就是德语啊！"父亲说完喝空了他的酒杯。

"和我在一起，你很美丽！"他一边唱一边把母亲从沙发上拉起来。他们两人紧紧相拥，舞动了起来。

过了一会儿，埃尔纳拿起她的相机，开始为沃尔特和罗斯、哈图和乌拉拍照，最后她转身，给她的丈夫也按下了快门，她的丈夫正站在餐厅门口，手里拿着香槟酒杯。曾几何时，木偶圣坛也在这里，哈图想，她依偎在沙发上的乌拉身边。哈图知道，姐姐之后会偷偷溜出家门，她没有告诉哈图要去哪里。她们现在都有自己的秘密了，这似乎是理所当然的。哈图不由得想起汉斯，想起废墟上的那个房间和美军广播电台的音乐。

"获胜者的音乐居然用德语歌！"父亲笑着说，"简直是疯了。"

"意第绪语。"母亲温柔地纠正他。

唱片放完后，父亲突然严肃起来，放开了妻子。

"我必须告诉你们一件事：他们拒绝了我成为木偶表演师的申请。因为我还没有撕掉纳粹的标签。"

母亲坐在沙发上，将她的女儿们揽到身边。埃尔纳一言不发地转动着留声机的手柄，安德鲁斯三姐妹的一首歌又响了起来。埃尔纳走了两步，来到不知所措的父亲身边，依偎在他的臂弯中。两人翩翩起舞，其他人都注视着他们。最后，这首歌又一次放完了，只能听到唱针在凹槽中刮擦时的嘶嘶声。

电影放映机的耀眼光芒像探照灯一样射向了哈图和她的父亲。被强光晃得睁不开眼的父女俩在舞台边缘和银幕之间摸索。哈图听到观众席里传来声音，有零星的鼓掌声，还有个人用她听不懂的英语喊着话。一瞬间她不知道来这里是不是个好主意。

现在为美国人工作的西奥·克拉泽尔特在他们到达时如约等候在大门口。穿着蓝色工作服的西奥看起来很陌生，他站在白色的控制室旁，控制室挂着美国国旗，还站着执勤的哨兵。哈图不由得想起他以前总是穿着希特勒青年团制服四处走动时是多么骄傲。他们刚打招呼，一名年轻的士官就跑了过来，西奥用英语向他解释了他们来这里的原因。这位士官金发碧眼，脸上布满雀斑，穿着配有金色纽扣的制服，一条年轻力壮的狗跟着穿越军营大院跑到了他们面前，这个军营直到最近才以参加第一次世界大战的一位巴伐利亚的将军命名，哈图在学校里了解过他打的胜仗。院子里有吉普车、身着战斗服的小跑着的士兵、一排排卡车，以及威力强大的火炮。士官点点头，将他们送入了刺眼的灯光中。

父亲到达舞台中央的桌子旁，开始打开背包。哈图还没从半盲的状态中恢复过来，来回摆弄着埃尔纳·克罗赫的留声机，过了好一会儿才终于把盖子打开。她拿出黑胶唱片，放在转台上。她在放映过程中感到很不舒服，因为在强光下她可以看到一切，她那粗糙的、破旧的长筒袜和不得已穿上的姐姐的旧鞋，还有被观众席上的男人注视着的她的臀部和紧身毛衣下的胸部。她迅速转动着留声机的手柄。他们之前苦苦思索过放什么音乐才合适，最后决定放柴可夫斯基的《天鹅湖》中的四小天鹅舞曲。哈图颤抖着把唱针放在转台上。与此同时，父亲像排练时一样将米妮老鼠从桌子底下拉了出来。这样做效果不错，观众欢呼了起来。

哈图在电影院里知道了米奇的女朋友米妮，这些有趣的卡通片在她小时候就放映过，通常作为主片前的短片播放，她激动地发现这些片子来自美国。她马上回忆起父亲第一次给她看那些木偶的场景，它们有着黑色的圆形耳朵，戴着白手套，穿着蓝色小短裙。它们的小胳膊是父亲用细绳编成的。一共有五只老鼠，互相牵着手。让五个木偶像这样排成一排跳舞，之前可从来没有人做到过，父亲得意地解释说，只有这个特殊的木偶架才有可能完成。

除了米妮之外还有米奇。哈图从父亲那里接过它，表演立刻就开始了。五只米妮老鼠就像活泼的舞者一样，同步地左右摆动着穿着红鞋子的双脚，从桌子的一边移动到另一边再移回来。哈图让米奇扭动着四肢跳了起来，当音乐越来越响亮、节奏越来越快时，女舞者们和米奇之间展开了一场真正的比赛，虽然之前已经大致排练过，但此时在士兵的欢呼声中，舞姿变得更加放荡不羁。

幸好在哈图失控之前，音乐就结束了。他们在电影放映机的明亮灯光下鞠躬。这束灯光像一堵不透明的墙，他们只能听着掌声但看不见人，所以只能一直鞠着躬，因为不确定观众席上还有没有人，直到过了很久才敢直起身来收拾东西。士官在舞台后面等着，把几美元钞票递给父亲，父亲点点头，把它们放进口袋。哈图对这名年轻美国人轻蔑的表情感到愤怒，但同时她也不知为何感觉到了羞愧。士官一言不发地将他们带回到军营门口。带着留声机和背包的他们很难跟上士官的脚步，他走得太快了。

哈图从来没有单独和乌拉在啤酒花园里待过。姐妹俩漫步在栗树伸开的枝条下，被茂盛的栗子那黏腻腻的甜香味迷住了。哈图仔细地欣赏着姐姐的降落伞绸新上衣和短短的宽喇叭裙。她没有告诉哈图是如何弄到这么漂亮的新高跟鞋的。乌拉十七岁了，哈图觉得她长得像扎拉·林德。

"嘿，小姐们！"

一名大兵从啤酒凳上重重地站起身来，站到她们面前。在学校里，他们悄悄地谈论美国"甜心"，说美国士兵这样称呼德国女孩。哈图在男人的酒精气息中愣住了，她惊讶的是乌拉居然已经笑了起来。过了一小会儿，他的战友们也笑了起来，当士兵不安分地看着她们时，乌拉拉着她的妹妹离开了。她们拉开了适当的距离，寻找了一张桌子。哈图睁大眼睛看着姐姐，但她只是摇摇头。

"哦，那没什么。美国人通常挺好的。"

现在和平已经维持整整一年了，力格勒啤酒厂的啤酒花园从今年春天开始重新开业了。落在附近铁轨上的炸弹那么多，竟然没有一颗击中这个啤酒花园，这对这座城市的许多人来说是一个充满希望的迹象。几位老人独自坐在啤酒杯前看报。老人的旁边坐着家人们，正在吃萝卜。父亲吃萝卜时总是用小刀切开，蘸上盐。乌拉经常来这里吗？和哈图不认识的某个男性朋友一起吗？栗子浓郁的香甜味笼罩着周围,昆虫在伞状花序中嗡嗡作响。

"哦,天呐,快看!我好像看到约瑟夫·匹勒在那边。"

"谁?"

"约瑟夫·匹勒,战斗机飞行员。《新闻周报》中提到过他。命中目标超过一百次,被授予橡叶带剑骑士十字勋章。他从战俘营中被释放出来了,他旁边的人好像是力格勒夫人。"

哈图看向那个穿着飞行夹克的男人,他身材敦实,头发上抹了润发油。

"请问您需要什么?"

哈图甚至没有注意到女服务员已经来到她的餐桌旁。

"一杯啤酒,"乌拉说,"还有一杯自来水给我妹妹。"

女服务员端着一托盘空杯子大步离开。碎石子在她的脚步下嘎吱作响。

"你喝啤酒吗?"

"有时。"乌拉说。

啤酒端上来后,她吞下去一大口,哈图看着她擦去上唇的泡沫。

"我想在夏天中学毕业后做一名木偶雕刻师学徒,"哈图说,"但爸爸说我们没有钱,所有东西都让他来教。然后我们一起雕刻木偶,比如那种骨头可以飞散的死神!"

"啊?"乌拉说,"总是这些童话故事,这些不再适合我们的时代了。"

哈图不明白姐姐的意思。"这可是木偶圣坛啊!"

"对,木偶圣坛。那时我们还是孩子,而且是战争年代。但今天呢?大家是不是该建设一点新东西了?我觉得爸爸应该回剧院了。"

哈图用力摇头。"你应该来看看我们带着米妮老鼠一起去军营时的样子。士兵们笑得多么开心!那可不是童话故事。"

"哎,哈图!"

"那你还会留在我们的剧院,对吗?"哈图感觉到自己的心在怦怦跳。她甚至无法想象没有姐姐会是什么样子。一句现在到处都能听到的话浮现在她的脑海里。她得意洋洋地看着乌拉:"你要自己走的话可以,但别生气地站在一边!"

乌拉忍不住笑了起来。

"我当然参加了,"她笑着说,"但首先我要参加毕业考试。然后我可能会上大学。此外,我还想找点乐子,毕竟现在战争结束了。"

哈图点头。她们有一阵子都没说话。乌拉慢慢地喝完了她的啤酒。

"闻起来好香甜啊!"

乌拉看着栗子。起风了,头顶上的枝叶沙沙作响。她们得回家了。当她们走过嘎吱作响的碎石子来到啤酒花园的出口时,大兵再次站在她们面前,明显比刚才醉得更厉害了。哈图没想到他还会出现,并且拉住了姐姐的手。但乌拉只是对这个士兵微笑,然后所有的装模作样都从他身上消失了。就像一个木偶,哈图着迷地想。士兵像个小男孩一样回以她们开心的笑容。

"我们要演什么?"乌拉想知道。

"《穿靴子的猫》。"

父亲把她们都叫到客厅,向她们解释说,木偶剧院的情况现在严重起来了。

"为什么是木偶剧院?"乌拉问道。哈图想起了姐姐发表的那一番关于童话的言论。

父亲耸了耸肩。"没办法啊。难道我们不是和父亲死后的磨坊主儿子一样贫穷吗?也许我们的破衣烂衫会再次变成漂亮的西装,不再属于我们的土地也将成为我们自己的国土。"

哈图不由得想到沃尔夫拉姆大街上的难民营和福利部门的补给站,早上,许多饥饿的学龄儿童和退伍士兵已经在那里排队。童话说,一切都会消失的。

"但要做到这一点,你必须信任一个你不能信任的人,比如一只猫。它不像狗一样忠诚,而是随心所欲地来来去去。"

哈图完全理解父亲的意思。

"这将是一项繁重的工作,而且与木偶圣坛完全不同。我们必须清楚这一点。我们需要很多木偶:猫、磨坊主的儿子、国王。"

"还有一辆马车。"哈图不由得想起外婆送她的童书。

"还有魔术师,"母亲说,"还有它变成的动物。"

哈图点头。"一头大象、一头狮子和一只老鼠。"

"是的,"父亲说,"但木偶并不是一切。我们还需要布景和道具。另外,必须有人创作音乐。这些我们不能独自完成。"

"为什么?"哈图觉得志在必得,"妈妈做戏服,你当导演,我们俩负责雕刻,大家一起表演。"

"谁来配音呢?这么华丽的大戏,我们自己没法给木偶配音。我们还需要服装设计师、舞台设计师、音乐设计师。另外我们还需要更多的木偶表演师。"

"你们的爸爸说得对,"母亲点点头,"我们是在做一个真正的戏剧。"

"所以决定了?"父亲问道,"我们做起来?"

母亲忍不住笑起来,因为哈图疯狂地点头。乌拉却什么也没说。

在杂草丛生的院子里，从工厂窗户里投出的光线照亮了成堆的破烂，也为哈图和弗罗尼指明了方向。当她们推开旧纺织厂沉重的金属门时，哈图不得已地跳了几个舞步。大房间里挤满了年轻人，他们穿梭在铁柱之间，看着墙上的画作，萨克斯管正在独奏。哈图只能看到乐队的贝斯手的脑袋和他的乐器悬在人群上方。弗罗尼抓住哈图的手臂，想把她拉过去，突然，汉斯出现在她们面前，于是他们三个人费力地挤过人群。哈图惊讶地看到萨克斯手是一名黑人男子，他双腿分开站在其他乐手面前，闭着眼睛吹奏时身体来回摇摆。哈图记得，在学校里见过这位贝斯手。他穿着西装，打着领结，身后的鼓手穿着一件已经磨损了的蓝色水手服。黑人萨克斯手的身体大幅度向后仰，将最后一句独奏的乐句停在了不均匀的切分音上，仿佛呐喊一般。

"太棒了！"汉斯激动地赞叹道，"他比莱斯特·杨还要好。"

哈图不知道莱斯特·杨是谁。汉斯跟她们说今天一定要来，这是他认识的一群青年艺术家的第一次表演。哈图对他的邀请感到高兴，尽管他们之间发生的一些事让她犹豫要不要来。当她问他是否想成为木偶剧院的一员时，他只是摇了摇头。他说他们不再是孩子了。这给哈图的心中留下了一根刺。他不理解这些木偶对她意味着什么，而她在他身边和这些人中间感到陌生,他们中的许多人都留着奇怪的胡须,戴着贝雷帽,女人们穿着收腰连衣裙和尖头高跟鞋。她看到一对情侣在贪婪地接吻,但似乎没人在意他们。这时,汉斯将一个苗条的男孩介绍给她们。"这是艺术家之一,阿尔弗龙斯·多尔叔格。"

他以过分礼貌的方式与女孩们握手,一双水汪汪的眼睛不安地瞟来瞟去。他问她们有没有看到医院里的人受审的消息。"一件很刺激的事儿!他们偷了青霉素。一个为病人准备注射剂的护理员用蒸馏水代替了青霉素,导致了死亡。"

哈图还没来得及回答,鼓手就从人群中挤了过去,抱住了阿尔弗龙斯,把他举起来,然后转了个圈。

"你们是谁?"当他把挣扎着的阿尔弗龙斯放下时问道。

"我是弗罗尼!"

"你呢?"

"哈图是一名玩具表演师。"汉斯解释道。

"是木偶。"她纠正他。

"她的父亲是沃尔特·欧米臣。"

"噢,噢,是市立剧院的令尊大人。"

鼓手好奇地看着她,哈图感到自己脸红了。她对汉斯很生气,转过身背对着他。

"哪些画是你画的?"她问阿尔弗龙斯。

"那边那个。"他指着一面大画布。"属于非主流绘画，"当他看到哈图疑惑的表情时又解释道，"就像杰克逊·波洛克一样。"

哈图摇了摇头。

"你不知道波洛克？波洛克就像爵士乐，比毕加索强。他是美国人！他把画布放在地板上，任由颜料滴在上面。"

哈图忍不住笑了起来："颜料滴到画布上？"

阿尔弗龙斯兴奋地点点头："而且他甚至不使用刷子，只是在颜料罐上打一个洞。他的艺术完全就是魔法！"

他笑容满面地看着哈图，哈图喜欢他的热情，即使她不明白他在说什么。但由于她仍然在生汉斯的气，便将目光凝在鼓手身上，穿着水手服的鼓手看起来实在太老成了，哈图必须控制自己不要用"您"来称呼他。

"那你呢？你画什么？"

"来吧，我给你看看。"

他握住哈图的手，将她拉走了。哈图用眼角的余光看到了弗罗尼和汉斯惊讶的表情，但没有推开他。他把哈图带到大厅里人迹罕至的角落之一，她注意到他走路有些一瘸一拐。直到他们站在一排被图钉钉在粉刷过的墙面上的一排小纸片前时，他才松开她的手。她面前的这幅画展示了一个岛屿或一条变形虫，由非常细的线条组成，上面有铅笔印、墨水印、水彩印。她不知道该如何评价。

"你要啤酒吗？"

她一边看着画一边点头。

"那就喝吧。"

他把自己手中的瓶子递给了她。哈图惊讶地转向他，忍不住笑了起来。

"巴黎有位画家，是个德国人，"他开始结结巴巴地说，突然显得很害羞，"他自称沃尔斯，但其实另有其名。他在法国营地里度过了战争时期。去年他在巴黎举办了一次展览，展览里有一本小册子，上面有他的水彩画和素描作品，我有这本小册子。这是一门全新的艺术，我也想这样作画。"

哈图喝了他的啤酒，若有所思地看着他，问他几岁。二十八，他回答。

"你叫什么名字？"

"米歇尔·施瓦茨迈尔。"

她盯着这个叫米歇尔·施瓦茨迈尔的人，他把她当作成年人，而不是十七岁的女孩。他的蓝色水手服很脏，还有蛀孔。他的眼神疲惫，面庞柔和。

"你朋友谈起美国画家时，说他的画像音乐是什么意思？"

"音乐、绘画，所有这些都是一样的。"他把金色的头发从脸上拨开。他的指甲缝很脏。"艺术必须改变生活，这就是它存在的目的。"

"所有这些都是一样的？"

"是的。这就是为什么我也对伏都教和非洲面具、图腾崇拜和立体派、原子弹、斯大林和共产主义感兴趣的原因。"

哈图忍不住笑了出来："共产主义也算在内？"

"是的，还有你的玩具。"

"是木偶。"

"好吧，木偶。"他的目光越过她看向大厅。

"你的脚怎么了？"

她的问题让他一时乱了阵脚。

"我失去了一只脚。苏联的冬天留下了它。"他从她手中接过啤酒瓶喝了起来。

"我们要开一家木偶剧院。"过了一会儿，哈图平静地说。

"其他人可以参加你们的剧院吗？"

哈图很惊讶。这是她没想到的，她点点头。

他笑了。"你一定要去读威廉·福克纳，"他平静地说，"还有洛特雷阿蒙；还有让-保罗·萨特，他是最棒的。"

哈图在工作台上的小剃须镜里看着自己的脸，然后又看向面前的虎钳夹着的圆木，接着又看向自己的脸，表情十分冷漠，仿佛那张脸不是她自己的，而是由线和面、弧形和凹面随机组成的图案，终于，她拿起了刀开始工作。第一个轮廓出现了，慢慢地，脸的形态从圆木中浮现了出来，她再次在镜子中检查这个脸的轮廓，然后又开始下刀。

她看向坐在另一张工作台边的埃尔纳·克罗赫，她正忙着雕刻一只小手。她穿着丈夫的照相馆里的白色高领药剂师罩衫，前面放着六只手脚和配套的四肢，这让她看起来就像一个非常漂亮的医生。哈图的目光扫过整个房间。现在的大厅还不是剧院，而是一个作坊，里面摆满了椴木块、妈妈的缝纫机、工作台和各种工具。给观众提供的啤

酒花园的椅子已经堆放在角落里，旁边是她和父亲那次"寻宝"时在烧毁的市政厅的废墟下发现的两盏枝形吊灯。哈图感到自己因寒冷而颤抖起来。

铁炉里的火已经快烧完了，只有火炉的开口处还在隐隐约约地发出光芒。她站起身来，从工作台旁的草篮子里取出几天前雕刻坏了的一个脑袋，打开火炉的盖子，把它扔了进去，看着扭曲的嘴唇先着了火，然后又关上了盖子。她走到埃尔纳身边，默默地拿起一只脚，抚摸着光滑的木头，感觉它就像流着血液的皮肤一样温暖。接着她再次坐回自己的位置上，在镜子里研究自己的脸，研究之前看过的轮廓，然后继续雕刻。

父亲终于到达时，天色已经开始变暗了，他带来了伯恩哈德·斯蒂姆勒和雨果·施密特。斯蒂姆勒是奥格斯堡著名的作曲家，施密特是市立剧院的主要布景设计师。父亲直接带着他们去见埃尔纳·克罗赫。哈图看到她展示着她正在雕刻的手，听到她的笑声。哈图凿木头的手迟疑了一下。有时她认为她并不真正喜欢别人，她嫉妒埃尔纳总是那么容易成为他人关注的焦点。哈图看到父亲把手放在埃尔纳的肩膀上，便低下头继续雕刻。

起初，她没有注意到雨果·施密特站到了她身后，看着她在她的木偶脑袋上作业。"如果你愿意，"当哈图过了一会儿带着疑问的眼神看向他时，他说道，"你可以到我这里来当学徒。"他目前正在为戏剧工作室寻找人选。"你明天就能来。"哈图激动得说不出话来，只能点点头，又低下了头。因为太兴奋了，她甚至没有注意到两位先生随后是如何告辞的，只是坐在那里，把凿子放在自己的腿上，想象着剧院里会是什么样子，想象着父亲可能会说些什么。当她起身征求父亲的意见时，她才注意到大厅里一片寂静。

埃尔纳已经不在她的位置上了。一只半成品的手紧挨着其他已完成的手和脚。哈图不知所措地环顾四周。当父亲之前把炉子和工作台放进这个工作间时，他在其中的两根柱子之间拉了一条绳子，并用一块盖布隔出了一个小隔间，用来放行军床，他偶尔会在这里过夜。此时，哈图从盖布和柱子之间的缝隙中看到了他。她看到父亲正在和埃尔纳接吻，埃尔纳的手插进了父亲的头发。哈图对这一场景感到失望和愤怒，这破坏了她的快乐，同时也为看到了不该看的场景而产生了负罪感。然而她却无法移开视线。之后，她和埃尔纳的目光交会了。埃尔纳没有停下这个吻，她看着哈图，既害怕又得意。

"我喜欢黑暗。"

当女孩听到小纽扣吉姆呓语般的声音时，她意识到她们应该是在黑夜中沉默着走了很久。

"这让我想起了我与卢卡斯和艾玛穿越了世界尽头的沙漠中那块黑色的岩石区。还有死亡之口,那里也同样黑暗。"

"死亡之口!"乌梅尔哀号道。

小纽扣吉姆似乎没有听到。"不过,我们在黑暗中都是一样的。"

"反正我们确实是一样的。"女孩说。

"是吗?"小国王卡勒·维尔士说,"矮人可和你们不一样。"

"这话是什么意思?"可以听出乌梅尔非常害怕。

"小矮人很勇敢。而我是他们的国王,所以超级勇敢。"

"乌梅尔不勇敢。"

女孩把它抱在怀里。她感觉到乌梅尔在颤抖。

"我想知道,"小纽扣吉姆说,"这场战争是怎么进行的。哈图雕刻我的时候,战争早就过去了。"

乌梅尔依偎在女孩的怀里。"我也不知道。"

"我想,只有嘉士伯知道吧。"

女孩对小纽扣吉姆如此平静的语气感到惊讶,仿佛黑暗真的无法伤害它。

"是的,但它不会告诉我们的,你们也知道它是怎样的木偶。"卡勒·维尔士毫不怀疑,它清楚地知道她们马上要与谁交锋。

"它是怎样的?"

三个木偶都没有回答女孩。

乌拉使用打字机的噼啪声传到了走廊上。尽管她六个月后才高中毕业,但她承担的已经是用打字机录入《穿靴子的猫》的剧本的任务,她用自称的"双指搜索系统"打字,并为所有参与人员准备印出剧本。她的办公室就是餐厅。哈图知道姐姐对木偶剧不感兴趣,她也尝试了几次雕刻,很快就放弃了。但当父亲的税务顾问几周前来拜访时,她立即解释了会计的基础知识。

"爸爸在车间吗?"

乌拉只是点点头,然后将一张新的纸和三个副本放入了机器中。

在剧院工作室的第一天,哈图非常努力地不去想她昨天看到的东西,但在家里,一切又浮现在她的眼前。

"埃尔纳呢?"哈图偷偷瞄向紧闭的客厅门。

姐姐停下了她手上的工作,睁大眼睛看着哈图。"你不会相信的,"她说,"克罗赫一家已经搬走了。"

"搬走了?"

"是的,就这么搬出去了。我那会儿还在学校,妈妈说今天早上埃尔纳告诉她,他们意外地找到了一间公寓,不想再给我们增添负担。他们肯定是马上就收拾了行李。太遗憾了。埃尔纳很漂亮，你不觉得吗？而且总是那么有品位。不过住在这里确实有点挤。"

乌拉调整了一下打字机旁的剧本，重新开始打字。哈图看了她一会儿，记忆涌上心头，伴随着和之前一样的厌恶感和燃烧的耻辱感。她多么想把一切都告诉姐姐，但她不会这么做。她小心翼翼地打开了客厅的门，好像要确定克罗赫一家真的已经走了。母亲坐在沙发上，对着她微笑。她从嘴边拿下缝针。

"我把门关上了，打字机的声音太大了。"

茶几上放着三个木偶，它们放在用布料做成的窝里。从哈图记事起，母亲就为她和乌拉缝制衣服，现在她正在为木偶们缝制戏服。母亲向哈图解释道，都是一样的剪裁，唯一重要的是给木偶要用柔软的布料，这样木偶才能活动自如。哈图坐在母亲椅子的一边。

"今天早上我去了豪斯泰滕的马尔蒂尼工厂，他们让我们试穿做服装的面料。我们在那儿省了一大笔钱，看看多漂亮呀。"

哈图抚摸着这些布料。有一块黑色天鹅绒料子，一块深蓝色的丝绸，还有很多五颜六色的印花布。

"我用不需要的东西给木偶缝制了袋子，这样它们就不会积灰。"母亲说。但随后她突然愣住了，摇了摇头：

"看我这脑子！快跟我说说，第一天过得怎么样？"

"那是个营房，风呼呼地吹。"

"是的，那儿一定非常简陋。你知道那里曾经有多漂亮嘛！巨大的画室，男女裁缝的作坊，还有舞台设计工作室。一切都刚刚装修好，你要是看到会喜欢的！"

哈图不想多说什么，只是很高兴她度过了这一天。施密特先生向她展示了一切，而且非常亲切，另一个学徒托尼·瓦克也很好，他只比她大一点。午休期间，他试图与她聊天，但这并不容易，因为他口吃。他想知道哈图雕刻和控制木偶是什么感觉，用的是什么工具，但问出每一个问题都难度很大。

"我爱你，妈妈。"哈图轻声说。

母亲惊讶地从木偶的戏服上抬起头。

"我也爱你，我的宝贝。"

哈图再次走到姐姐身边，看着她打字。

"弄完了。"乌拉说，把一个大信封放在桌子上，上面已经写好了地址，但还没有密封。"准备就绪！今天的剧本是给爸爸打的。"

哈图抽出一份剧本的副本和一封信。

奥格斯堡，1947年10月5日

亲爱的詹宁先生！

随函附上《穿靴子的猫》这本书，诚邀您参加下周四下午四点的第一次排练。剧院位于医院街的圣灵医院，位于拉本巴德和红门之间。如果大门是锁着的，请敲门右边的第三个窗户。

致以诚挚的问候。

沃尔特·欧米臣

黑色的小本子上印着血红色的"戏剧"这个词，这部剧她正在读，名为《密室》，说的是两个女人和一个男人被锁在一个没有窗户的旅馆房间里。在旧工厂度过了一个晚上后，她立即去了卡罗琳大街上的塞茨寡妇的书店。不知道为什么，当她问起让-保罗·萨特时，她感到不舒服，塞茨女士只是点点头说，一本收录他戏剧的书正好刚刚出版。她从来没有读过这样的东西。这部剧展现了为这三个人准备好的地狱，对于哈图来说，这就像黑暗童话一样离奇。哈图抚摸着信封，一个人待在工作室里。剧院从今天中午开始对她开放，因为木偶剧院的排练今天开始。哈图在寂静的拱顶之下四处环视，过去几个月里，她在这里待了很长时间。记忆再一次裹挟了她，她感到自己对父亲的愤怒。她仿佛又看到了埃尔纳的眼神，当哈图发现她和父亲时,那既害怕又得意的眼神。

哈图陷入了沉思,敲门声响了一会儿才听见。打开门,门前站着一个和她年纪相仿的男孩。请问欧米臣先生在吗?他手里拿着哈图看过的那封信。

"你是曼弗雷德·詹宁?"

"我来得太早了,是不是?"

然后他们坐在工作台前,不知道该说什么。这个男孩有一头卷曲的黑发和一张少女般的脸。他说,他今年十八岁,在慕尼黑上戏剧学校。在此之前,他在市立剧院跟随卡罗拉·瓦格纳学习表演,瓦格纳也推荐了他。

"你的衣服真好看。"哈图说。

他腼腆地笑着。"为了挣钱,有时我会在马克西米利安大街的电影院展示时装。所以这件衣服买的时候很划算。"

原来是个当模特的男孩!当大门再次打开时,他迅速起身,向父亲做了自我介绍。哈图的父母不是独自前来的,作曲家伯恩哈德·斯蒂姆勒也来了,还有一个瘦小的年轻人。"这是马克斯·博瑟尔,"父亲解释说,"他五岁时就已经在市立剧院的童话表演中跳舞了,当时就引起了我的注意。"

"可是我现在二十三岁啦!"

他用一双柔和的大眼睛看着乌拉和此时走进来的两个

女孩——弗罗尼和玛格达莱娜·法索德，后者是在学校就时常吸引哈图视线的黑美人。托尼·瓦克站着向雨果·施密特问好。"您可以自由地进行舞台设计工作。"他费了好大劲才几乎不结巴地说出这句话。

"汉斯呢？"弗罗尼想知道。

当米歇尔出现在门口时，哈图正准备解释为什么汉斯没有来。她能感觉到自己的心脏在兴奋地跳动。他又穿上了水手服，站在那里，好像还在犹豫来这里是不是个好主意。哈图走向他，他带着嘲弄的微笑看向哈图。

"小孩子家过生日？"

她感到惊讶，但他也没说错。几乎所有的人都和她一般大。不过这有什么好讽刺的呢？哈图正想着怎么反驳，又从外面走进来一个人。

"请允许我自我介绍一下，威力巴尔德·格拉夫，督察候选人。"

米歇尔惊讶地看向他。曼弗雷德·詹宁向他的朋友招手，让他到靠在工作台上的沃尔特·欧米臣这边来。

现在所有人都聚集在他周围。

"许多人会问我，"他说道，"为什么我不再想做真正的戏剧了。但我已经很清楚，木偶戏剧比人类戏剧更像戏剧。木偶是更诚实的演员。它们不会被诱骗，它们带来的喜悦是一种真实的、没有负罪感的喜悦。"他谈到了他在战争期间为战友搭建的木偶剧院，以及他和家人在轰炸之夜之前带着四处巡演的木偶圣坛。

"战争结束后，我对自己说：如果我有能力帮助人们摆脱苦难，我将竭尽全力帮助他们。"

父亲严肃地看着年轻人。他的剧院将要在这个大厅里建成，首演将在明年年初举行。他四处走动，解释舞台、观众席的位置，并展示了他花了一年制作的表演台和道具车。

"目前还缺的是舞台布景。"

"我不知道我是否可以一个人完成所有布景。"托尼·瓦克说，脸因为口吃的痛苦而扭曲。

"我可以帮助他。"米歇尔向前迈了一步。

"请问你是谁？"父亲问。

"这位是米歇尔·施瓦茨迈尔，"哈图说，"他是一位艺术家。我在他的一场演出中问过他是否愿意加入我们。"

"那就是画家啦！"

父亲看着他，米歇尔则环顾着大厅。

"这里到底是要怎么弄？"

"什么意思？"

"嗯，这个大厅像木板一样平。观众席这么平可不行，我们需要逐排加高的座位。"

"这个你可以为我们搭建吗？"

米歇尔只是点点头。每个人都注意到，他在四处走动并仔细查看房间时一瘸一拐。当他摇晃一个旧柜子时，柜门突然打开，一大堆折叠整齐的纳粹旗帜掉了出来。米歇尔拿起一面，展开，笑着举起右臂行纳粹礼。然而没有人跟他一起笑。

"放！放！放！放！下！下！下！它！"

托尼·瓦克口吃得厉害，每个人都能感觉到他看到旗子时情绪有多激动。这种情绪蔓延开来，这些年轻人开始和父亲攀谈。"您是怎么想到通过讲童话来帮助人们的？"威力巴尔德·格拉夫问道。"您刚才说的诱骗指的是什么？"马克斯·博瑟尔想知道。"除了用木偶表演，您在战争中还做了什么？"这是长着少女面孔的詹宁问的问题。他说话的声音如此轻柔，以至于哈图惊讶地发现他看向父亲的眼神是如此愤怒，而父亲只是在一旁静静地听着这一切。她看到父亲脸上的恐惧，害怕他的梦想在成为现实之前会再次破灭。他会不知道该怎么办。

但随后他挺直了身体，快步走到房间的一个角落，从一堆木头里拉出两块大木板，推到众人面前，并排靠在一根柱子上。一块板子上写着："从奥格斯堡站开往——"。他解释说，这是写在德国国家铁路车厢两侧的内容。那个冬天晚上在火车站的画面从哈图的脑袋里闪过：卡车、戴着黄色星星的瘦弱的人、弗里德曼老夫人的脸。父亲已经拿来两个颜料桶,跪在木板前。他小心翼翼地涂上白色方块,覆盖原有的字母,然后将刷子插入颜料桶中,站起来,把另一个桶暴躁地递给托尼·瓦克。

"写上:奥格斯堡木偶剧院。"

托尼·瓦克想说什么,但一个字也说不出来。

"快写!"

他吓坏了,赶忙接过罐子,蠕动着下巴,好像在酝酿着某句话。随后他用刷子蘸了颜料,画了第一条线,然后又画了第二条、第三条,随后木板上出现了一个大大的黑色字母 A。现在,他脸上的颤抖已经消失了,继续冷静而自信地写道:AUGSBURGER PUPPENKISTE(奥格斯堡木偶剧院),横跨两块木板。完成后,他在大写字母 A 上画了一颗松果——这座城市的标志。他小心翼翼地不让颜料滴到地板上,把颜料桶和刷子还给父亲,父亲又跪在木板前,在已经干了的白色方块上写道:

欧米臣
木偶
剧院

他转向沉默地看着他的年轻人。"这就是我们的剧院。就这么一块板子,这是我们所有的家当了。它在废墟中,藏匿了曾经的一切。现在它会将一切重新变出来。"

没有人动。父亲看向周围的每一个人。哈图几乎无法忍受这种沉默，但她不知道该怎么办。一直坐在旧扶手椅上、观察着一切的母亲站了起来，走到她丈夫身边，亲了他一下。

"已经够了。"她微笑着对着年轻人轻声说。她指着那堆红色的万字符旗："我们会用它们做幕布。"

魔咒瞬间被解除了，每个人都笑了，伴随着鼓掌和欢呼。哈图却不由得想起父亲曾经说过，红色是血的颜色，而失重的木偶是天空的颜色。但她看到父亲松了一口气。他耐心地等待大家再次安静下来。

"并不是所有木偶都做完了，"他接着说，"但我还是想给你们看看。"

他走过直到最近才挂上盖布的绳子，父亲和埃尔纳·克罗赫上次就是躲在这根绳子后接吻的。这个念头让哈图感到一阵剧痛。此时，木偶们都已挂在木偶架上。父亲把它们介绍给在场的每个人。

"这是雄猫，这是国王、嘉士伯、魔术师和公主。"

他把彩色玻璃珠放在魔术师的眼睛里。现在它看起来在瞪着与它对视的人。没有人敢碰其中任何一个木偶。

"嘉士伯到底有没有在《穿靴子的猫》中出演呢？"曼弗雷德·詹宁想知道。

"不，它没有！"哈图坚定地说。

她甚至不知道父亲为什么把它挂在那里，她不希望它也挂在那里。可她该如何解释呢？大家已经看不到它的邪恶面孔了。但曼弗雷德·詹宁已经把它从绳子上拉了下来，因为他是第一次将木偶拿在手里，所以当他试图控制木偶架的时候，木偶的胳膊、腿和头都无法控制地抽动着。因为它看起来很傻，所以詹宁开始让嘉士伯骂人，嘉士伯用最粗鲁的奥格斯堡方言爆发了一场长篇大论的咒骂，内容是抱怨笨手笨脚的木偶表演师，每个人都忍不住笑了起来。

"也许你不能很好地控制木偶，"父亲说，"但你是一个很好的配音演员，嘉士伯也很适合你。"

他给大家分发了木偶——哈图拿到了猫，弗罗尼拿到了公主，马克斯·博瑟尔拿到了魔术师。

"那我们呢？"曼弗雷德·詹宁问道，把嘉士伯挂了回去。

"当木偶师在表演台上操作时，很难同时给他的木偶配音。此外，我们必须在表演过程中将木偶从一个人传给另一个人，所以很容易出现混乱。这就是为什么我们的剧院需要优秀的配音演员。"

"我想配一个邪恶的角色。"

威力巴尔德·格拉夫说出这句话的声音如此轻柔，以

至于每个人都惊讶地看着他。

"好吧,"父亲笑道,"你来配魔术师。其他配音演员是乌拉、玛格达莱娜和曼弗雷德。每个人都要记住:忘掉你们了解的戏剧那一套。你的声音是木偶的声音,看清楚、弄明白你们要配的木偶是谁!"

"我不能参加。"

所有人都惊讶地看着乌拉。"我得学习,要毕业考试了。"

"那我来给猫配音吧。"父亲还没来得及回答,母亲就说道。

他点点头,把国王从绳子上解下来。"那我们现在就试试吧!"

他熟练地让木偶在地板上走了几步,大家立即为他的木偶让路。因为父亲是剧院的主人,也因为他的木偶是一个突然开始来回踱步的国王,它时而优雅地举手向臣民致意,时而摇头晃脑,思量国策。每个人都看得入了迷,甚至没发现伯恩哈德·斯蒂姆勒坐在了钢琴前,直到他开始演奏,大家才注意到。他一直注视着继续在舞台上踱步的国王,开始即兴创作,有那么一段琴声阴沉而晦暗,然后音调又像微风一样从国王身上吹过,一会儿又变成了简单而朗朗上口的旋律。父亲让国王歪着头饶有兴致地听着这段音乐,让它犯困,让它倒在地上,让它睡着了。没有人动弹，整个房间就像木偶一样静止了，似乎刚才造就了这个木偶的所有生命，此刻又从木偶中消失了。

"你们知道为什么木偶让我如此着迷吗？"父亲轻声问道。

"木偶不会贪图虚荣。"哈图低声说。

每个人都看向她，她说出这句话后立即感到尴尬。米歇尔靠在工作台上，手里拿着萨特的书，好奇地看着她。

"像我们一样，"父亲点点头，"我们木偶表演师隐匿在黑暗中。我不会在节目单上提到你们的名字。我们会写下谁搭建了舞台，谁缝制了服装，谁雕刻了木偶，谁制作了音乐，但不会透露配音演员和木偶表演师的名字。我们关注的是故事本身。"

这只猫是哈图最喜欢的木偶。怎么能让它的尾巴动起来，她和父亲一起试验了很久，最后，母亲为它缝制了漂亮的白色皮毛。它用毛茸茸的爪子蹑手蹑脚地爬到熟睡的国王身边。尾巴在空中挥舞着，为此哈图练习了很长时间。

"为什么雄猫有一张可以动的嘴，而国王却没有？"曼弗雷德·詹宁问道，眼睛并没有从木偶上移开，"而且动物根本不会说话。"

"但在童话里动物可以说话，"父亲严肃地看着他，"因为在童话中，是动物帮助人们渡劫。在童话世界里，

Augsburger Puppenkiste!

Oehmichen's Marionetten Theater

我们并不孤单。而所有的木偶都来自这个世界。"

"我不理解,欧米臣先生。"

弗罗尼怀疑地看着父亲。

"弗罗尼,童话不仅仅是读给你小时候听的故事。看看这个国王的头。"

"它的头怎么了?"

"它的头相对于它的身体来说也太大了。而成年人看起来就跟它很不一样了——这个国王是个孩子。但作为观众,我们仍然认为它是一个国王。木偶是未完成的人,而我们所做的一切都是未完成的。因为我们在做什么?我们只是在晃动着一块木头!其他一切情节都是在观众脑海中演绎的。演员塑造生命,而木偶本身就无生命。因为当我们停止晃动它时,它对观众来说只不过是一块没有生命的木头。然后木头再度活了过来。不是我们在讲述的童话般的故事,而是童话自己在讲述。"

心线,哈图思考着并等待着父亲说出这个词。但他没有说。

明亮的灯光透过商店的橱窗洒落在街道上,这是谢勒公司这堆废墟中唯一的生命迹象了。哈图看着被五颜六色的小球装饰着的圣诞树,树下有一家福伦达,然后哈图又看到了用小棉球做成的雪、银色的相框、厄尔士山脉的吹着长号的天使、一个打开的相册中的一个新娘的黑白照片。随后,哈图推开店门。明亮的门铃声响起,哈图意识到,她现在已经没有回头路了。她感到心中一沉,完全不确定来这里是不是个好主意。陈列柜后面的帘子已经被掀开了,埃尔纳·克罗赫从后面的房间里出来,期待顾客的笑容瞬间消失了。

"你好,哈图,"她犹豫地走近陈列柜,"真是惊喜啊。"

哈图一直在想象再次见到埃尔纳会是什么样,但现在她不知道该说些什么。

"木偶剧院怎么样了?"

埃尔纳·克罗赫试着微笑。她精心化了妆,穿着哈图最后一次在工作室见到她时穿的那件白色高领药剂师罩衫。

"首映是在二月份,"哈图被迫清了清嗓子,"我们一直在排练。"

埃尔纳·克罗赫咬着嘴唇,沉默了一会儿。"你还记得吗?"她问。

"记得什么?"

"你还记得爆炸那晚过后我们是怎么聚在一起的吗?在经历了那件可怕的事情之后,大家互相帮助。"

哈图看着她,什么也没说。摄影师埃尔纳将双手放在玻璃陈列柜上。

"你想看看我刚才在做什么吗?"

哈图犹豫了一下,然后点了点头。埃尔纳·克罗赫为她掀开帘子,哈图一步就迈进了摄影师的暗房。她看到几盆液体和一个硕大的放大机,放大机的灯将底片的黑白轮廓投射到桌子上。照片挂在晾衣绳上,等着晾干。埃尔纳·克罗赫看着哈图沿着绳子走,一张接一张地看着照片。照片上的街景一看就是刚拍的,她认出了雪和她经过的排着长队的施粥所。还有一些奥古斯都喷泉旁的黑市的照片,照片上穿着浮夸西装的男人瑟瑟发抖,其他人则缩在厚重的皮大衣里。一辆满载垃圾的马车由一匹老马拉着,牵马的是一个衣衫褴褛的人。哈图已经走到了晾衣绳的尽头。

"男人,"当摄影师埃尔纳看到哈图询问的表情时说道,"我现在主要拍摄男人。"

哈图点点头。直到现在她才意识到是什么主旨将这些照片联系在一起。

"你知道吗?我们女人不再抱有幻想。我们已经习惯于抓住有形的东西。为什么会这样呢?因为我们不信任男人。你看看他们。"

哈图再次审视这些面孔。她在一张照片前停了下来,照片上是一群穿着破烂制服的退伍军人,他们在废墟一角的火堆旁取暖。她想,自从战争结束以来,他们中的许多人就在这座城市里漫游,从一个地方到另一个地方。

"我们不能指望他们,"埃尔纳·克罗赫站到哈图身后说道,"看看他们悲伤的表情、他们受打击的态度、他们靠不住的样子。他们失败了,对于失败的失望是难以忍受的。对我们来说如此,对他们来说也如此。"

哈图转向这位女摄影师,看着那张美丽的、精心化过妆的脸和诱惑的红唇。她看起来就像哈图想成为的女人。

"我对之前发生的事情感到抱歉。"埃尔纳·克罗赫轻声说。哈图点点头,回到店里。现在她们又面对面地站在玻璃展示柜的两侧。

"你父亲问我能不能给你们的木偶拍照。你会介意吗?"

哈图摇摇头。

威力巴尔德·格拉夫和曼弗雷德·詹宁举起他们的啤酒杯碰了一下,并因为一个哈图没听过的笑话开怀大笑。和往常一样,除了父母之外,其他人在排练后都来喝一杯。二月就要过去了,他们排练了将近三个月,再过几天就要首映了。哈图挨个儿看着他们。可惜乌拉不在,而她的朋友玛格达莱娜并没有那么认真地对待即将到来的考试。总是坐在黑美人旁边的马克斯通常会成功说服她留下来。

"我听到了什么,马克斯?你曾经在《白雪公主》里演小矮人？"

威力巴尔德隔着桌子抛出这个问题，每个人都放声大笑。尽管马克斯已经二十多岁了，但他那张害羞的脸看起来一点也不成熟。他几乎每次都喝得最多，现在他的杯子又空了。

"没错，"他平静地说，顺便向女服务生招呼了一下，"但我也演过《玫瑰骑士》中公爵夫人的小黑奴，威廉·退尔的儿子以及《尼伯龙根之歌》中阿提拉的儿子。"

威力巴尔德点点头，他的笑话不好笑了。"那在战争中呢？"

"战争中我也演这些，但时间不长。实际上我想成为一名舞者。"

"舞者。"曼弗雷德阴阳怪气地重复道。每个人都称他为弗雷德，他正在绞尽脑汁地想从这个"舞者"中又开出什么玩笑。

威力巴尔德和他是一对奇怪的朋友。在住房管理局工作的督察候选人看起来已经像公务员了，而父亲是奥格斯堡-纽伦堡机械制造厂辅助工的弗雷德，给人留下的则是明显的非资产阶级的印象。

"汉斯在哪里？"弗罗尼轻声问道。

哈图很高兴弗罗尼加入了木偶剧院，她通常在排练后和他们一起吃饭，所以她终于有了一点儿家的感觉。她太瘦了，留着短发，像个男孩一样。汉斯呢？自那次展览开幕后他们再也没有相约。有时她经过加油站时会向他挥手。

"今天，当我说有些东西观众是看不见的时候，老板的回答你们听清了吗？"马克斯从女服务生刚刚放在他面前的玻璃杯中喝了一口酒，"我觉得我听错了。"

弗雷德微笑。"这是给上帝看的。"

"这是给上帝看的，没错，"马克斯点头，"而且我甚至明白他的意思。起初我从没想过魔术师会做我想做的事。现在有时我觉得，它的移动根本不是我控制的。"

"但我不喜欢童话故事，"弗罗尼说，"一切都会走向美好的结局——我才不信呢！"

哈图在一旁不安地看着她的朋友。对她来说，木偶圣坛时期就已经不是童话故事了。但是她觉得木偶表演到底是什么呢？她不知道该如何形容，但她觉得这些年轻人和她想的一样。

"我喜欢《穿靴子的猫》。"玛格达莱娜说，没有看任何人。

"我们现在做得够好了吗，哈图？"马克斯想知道，"你觉得观众会喜欢吗？"

"是的，当然！"

"你们的父母要来参加首映式吗？"

当看到弗罗尼面对威力巴尔德的问题低下头时，哈图感到一阵痛楚。托尼想说点儿什么,但他说不出来,他越用力,喉咙就越是哽住,直到他无奈放弃。

"我们自己就是家人。"哈图轻声说。

"你真好!"

哈图惊讶地转向一直坐在她旁边、静静喝着啤酒的米歇尔。现在他正带着嘲弄的微笑看着她。

"我要亲你了。"

他们的嘴唇相触。哈图一惊,想往后退,但他的手捧住她的头,在哈图反应过来自己在干什么之前,她已经紧靠在他的手心里,心怦怦地跳着闭上了眼睛,回吻了他。

女孩突然停下了脚步,她自己也没想到会忽然驻足。

"怎么了?"小纽扣吉姆用柔和的声音问道。

女孩希望她能看到它的脸。在她看来,身处黑夜中的自己已经难以区分所看到的和所梦想的。但她应该如何向木偶们解释呢?

"哦,没什么。"女孩说,然后他们继续往前走。

乌拉气喘吁吁地将隔在观众席和舞台之间的幕布拉开,卡罗拉·瓦格纳溜了进来。乌拉在最后一刻遇到了这名女演员,并把她从家带到了这里。她不得不替补角落里的玛格达莱娜出场,后者脸色苍白,因为怯场而无法动弹。

"怎么样，沃尔特？"

卡罗拉·瓦格纳对父亲微笑，父亲如释重负地吻了她的手。距离1948年2月26日木偶圣坛被摧毁正好四年。托尼按了一次铃，又按了第二次，大家心里默念"加油"并相互在左肩上吐唾沫，*托尼按响了第三次铃。观众席的灯光暗了下来，观众们也停止了窃窃私语。哈图想象着两个大木板打开，木板上写着"奥格斯堡木偶剧院"。

"拉开帷幕！"弗雷德喊道，父亲立即回答："不，还不能拉！"

"拉开帷幕！"弗雷德重复道。

"帷幕现在先别动。"父亲阻止。

"现在拉开帷幕！"

"不行。"

"拉开！"

"不行！"

"拉开！"

"现在还不是时候。"

"我不在乎。"

"帷幕保持关闭！"

"帷幕现在拉开！"

---

* 演员在上台前祝自己好运的方式。

"我不会拉开帷幕的!"

"那我自己拉!"

帷幕终于还是拉开了。嘉士伯站在空荡荡的舞台上,当观众明白刚才谁在说话时,热烈地鼓起了掌。那是哈图做的嘉士伯,但她非常不想用它一起演出,而父亲坚持要用。她看着马克斯在表演台上俯下身体,让嘉士伯礼貌地鞠躬,然后她透过舞台旁边的帷幕窥视观众席。

第一排坐着从杜塞尔多夫远道而来的著名木偶师弗里茨·格哈兹、吉多·诺拉、伍德博士和电影制片人胡贝尔特·顺格尔。在布景设计师雨果·施密特旁边坐着埃尔纳·克罗赫和她的丈夫以及两个儿子,她的手里拿着相机。他们的剧院现在已经变得很漂亮了,一排排逐渐加高的座位、衣帽间、被织物覆盖的墙壁,织物是剪下了纳粹标志的旗帜。剧院有近两百个座位,门票全部售罄,按照黑市行情,十张门票抵一支香烟。哈图的目光扫过一排排座位。当她发现米歇尔时,心跳到了嗓子眼儿。自从那次接吻后,她甚至不知道自己是谁了。尽管她立刻跳了起来,拉着一言不发的乌拉跑回了家。但在那之前的漫长的片刻,她的头一直倚靠在他柔软的手中。

汉斯坐在米歇尔旁边。她惊讶地松开了抓着帷幕的手,天鹅绒布拂过她似乎因羞愧而燃烧的脸。汉斯他什么都不知道!他完全不知道!她又把帷幕掀开,看到两人笑着交谈着。哈图想，幸亏他们没有看到我。随后，由弗雷德配音的嘉士伯开始高声说话。

"大家好！很荣幸有这么多来宾出席奥格斯堡木偶剧院的启动仪式。我们花了三年时间才首次向大众公开亮相。这三年被工作、辛劳、忧虑和创作的喜悦所填满。现在大幕第一次拉开，我站在尊敬的各位观众面前。啊，今天是第一场演出！想象一下，女士们先生们，我在第一出剧中无事可做。您说说看，我没有参与的剧那可不是剧，那就是垃圾呀。人们为了到剧院里一笑，而能让人们发笑的只有小丑，那就是我。每个孩子应该都知道《穿靴子的猫》。我应该扮演穿靴子的嘉士伯，或者我也可以扮演汉斯或国王，但因为我是嘉士伯，所以我只能扮演嘉士伯，如果剧里没有嘉士伯，那我只能留在幕后了！老板可以很轻松地为我在剧中写一个角色，但他没有。这违背了他的艺术直觉。他可能认为他是上帝。"

"你就没有什么其他要对我说的吗？

你总是要抱怨，

剧院里就没有你觉得满意的事儿吗？"父亲回答。

"哦，先生，"嘉士伯抱怨道，"我觉得这里真的一如既往地糟糕。

好的角色总是别人的，

而我只能闲庭信步。

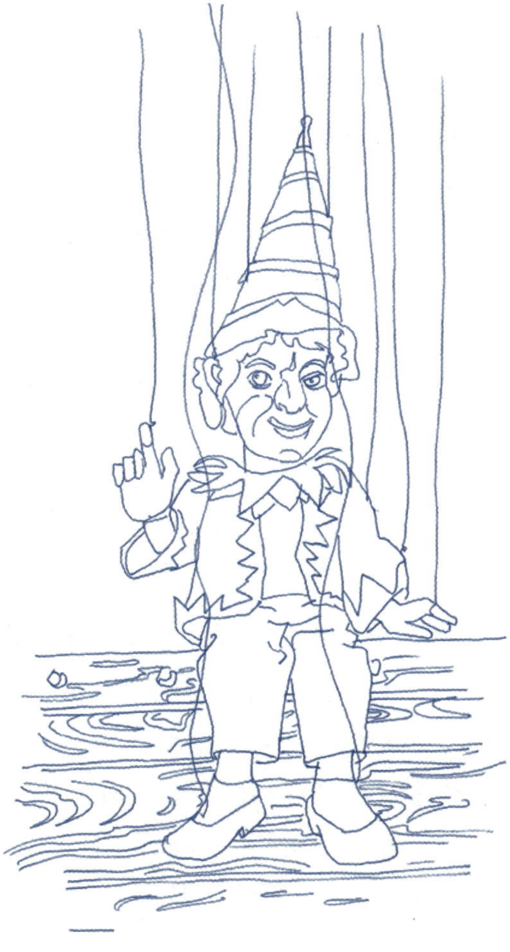

我是马厩里最好的马,

我走到哪里,哪里就有笑声。

是我填满了这里的空间,是我撑起了这里的票房,

就该让我来演啊!"

观众们兴奋地欢呼起来。嘉士伯对观众说话的方式以及每个人被它逗笑都让哈图感到厌烦。但很快它就要下场了,而且不会再出现。现在她得去表演台了。她迅速地确认了一下自己带着一把剪刀,这是木偶表演师必备的,万一线在什么地方被缠住了,剪刀可以用来解救陷入困境的木偶,然后匆匆从父母、弗雷德、威力巴尔德和拿着剧本的卡罗拉·瓦格纳身边经过。托尼微笑着向她点点头,乌拉祝她好运。

她尽可能小声地爬上表演台的台阶,来到用线悬挂着的木偶身边,突然感到非常自豪。所有的木偶都是她和父亲雕刻的:雄猫和磨坊主的两个儿子、驴、鞋匠、国王、公主和她的侍女、魔术师和他的小恶魔、宫廷猎人、厨师、守卫、年轻的农夫和农妇、年迈的农民和农妇、车夫和他的四匹马拉的金马车、骑马的先锋和摩尔人、猫头鹰、大象、蜘蛛,还有童话故事里没有出现的幽灵呼呼和三个精灵。

"你只想着自己,那你想得太狭隘了,

这里又不是只有你一个人!"父亲回答嘉士伯。

"你只想着一直演,
为此你唠唠叨叨让我不得安宁,
为此你说一出剧是一大堆垃圾,
只因为你不能出演。
你能不能有点儿大局观,
并且收起你的自以为是。
和我一起为了目标而振奋起来!"
"简直是疯了,
我亲爱的先生,您话也太多了。
但是我还是要说:你的目标是什么?"
"我想带孩子去仙境,
尽可能美丽和纯洁,
我想触碰他温柔的灵魂,
给他留下永不忘记的深刻印象。
还有来看剧的大人,
我会带他回到儿童乐园,
仿佛陶醉于美丽的梦境,
我给了他一个小时的青春快乐。
因为你不会变成孩子,
所以你永远不会去到那里,
去到上帝的孩子们在的地方,
门实在太窄了。"

"我亲爱的先生,这确实很美好,
我不得不说,你有很大的勇气。
一场充满艺术感的木偶表演,
这确实是一个美丽的目标。
但你要是不让我演,
我就和你解除合约。
我不需要你,我一个人演。"
"你这个小无赖,不要这么自负!
你是用椴木做的,
只能由我用线牵引着表演,
你只是在我的手下做我想做的事。
我放开你,就算是开个玩笑,
砰!你摔了个狗吃屎。
让我拽你起来吧,我能让你躺下,
别怕,我还能让你飞,
我能让你坐着,也能让你站着,
而现在我要让你向左走——下场吧。"

马克斯让嘉士伯下场,帷幕拉上。终于结束了,哈图想。父亲急忙跑到演出台上。观众席上的灯完全熄灭了,全场立刻鸦雀无声。伯恩哈德·斯蒂姆勒开始演奏。他的琴声轻柔地传到了表演台上,大家严肃地看着彼此:马克斯、哈图、弗罗尼和助手薇拉、埃德加和弗朗茨。现在要出场了。哈图拿起控制雄猫的木偶架。帷幕拉开，第一个场景出现了：磨坊里的房间。

女孩最先发现了光，也许是因为她之前已经从黑暗中找到过一次光源，学会了信任那微弱的一缕光，尽管这次的光线起初对于无助的眼睛来说，也不过是一种幻觉。可紧接着，随着她们一步一步向前，阁楼竟然又从黑暗中脱离了出来，虽然一开始几乎什么都看不清，只是悬在了那枚大头针针尖大小的光点上，而她们此时正朝着这个光点走去。

同伴们现在尽量保持安静，因为她们都不知道前方等待着她们的是什么，所以最后几步她们四个紧紧贴着地面，谨慎地匍匐前进。然后她们发现她们真的找到了嘉士伯。它专心致志地蹲在苹果手机的彩色灯光前，仿佛蹲在篝火前一样，那张有着大鼻子、恐怖地狞笑着的脸在手机的灯光中闪烁着，木手在手机屏幕上四处按来按去。当她们看着它，当女孩思考着她们能做些什么来制服它时，乌梅尔突然忍不住打了个喷嚏。

"阿嚏！"

响亮的声音在死寂的阁楼里回响。更糟糕的是，它还说了句："不好意思。"

嘉士伯的脑袋顿时猛地转了过来，死死盯着黑暗中紧贴着地板、因害怕而瑟瑟发抖的四人。如果它向她们走过来怎么办？在女孩思考这个问题的答案之前，她已经下定了决心。

"我去找它。"

是小纽扣吉姆的声音。它平静地起身，向嘉士伯走去。其他人别无选择，只能跟着它。女孩希望她们能合力以某种方式制服它，但随后她发现了一些意想不到的情况。当她们看着嘉士伯的时候，她们觉得自己离它已经很近了，而当她们走近嘉士伯时，它突然又离她们很远。女孩惊恐地意识到自己的错误：嘉士伯看起来如此近的唯一原因是它没有她那么小，而是大得多。而现在，当它起身时，它真的看上去比第一个到它身边的小纽扣吉姆大很多。

小国王卡勒·维尔士看到这一幕，跪倒在地，哭了起来。曾经表现凶猛的矮人之王也忍不住痛哭！女孩太了解嘉士伯了，她记得它木拳头坚硬的握力，恐惧再次在她的心中升起。她觉得一切都是徒劳了。

"是手机，"此时，乌梅尔低声说，"这就是嘉士伯这么快变大的原因。它现在不再是个木偶了。我们要抓紧了！"

也许乌梅尔是对的，但她们应该怎么做？当女孩还在思考的时候，小纽扣吉姆又朝嘉士伯走近了一步，平静地抬头看着它。

"你好，嘉士伯！"

当无所畏惧的吉姆对巨大的身影说出这句话时，场面瞬间失控了。嘉士伯弯下腰去抓住了小吉姆，乌梅尔愤怒地尖叫着冲了上去。女孩清楚地听到尖叫声中的恐惧，以及不让同伴羊入虎口的拼了命的决心。嘉士伯用一只手抓住了吉姆的身体并把它举了起来，而乌梅尔只能紧紧抱着吉姆的双腿。瞬间工夫，两个小伙伴都已经悬在了空中。当嘉士伯看到女孩冲向它时，它放开了吉姆，吉姆和乌梅尔一起重重地摔倒在地上。

"你又来了！"

它一把抓住女孩，将她拉到自己的身边，木手紧紧扣住她的胸膛，让她喘不过气来。嘉士伯的另一只手拿着苹果手机，彩色的光芒映衬着这恐怖的一切。它把女孩拉到身边，把她举到自己的脸前，她又一次直视着它邪恶的笑容。

"告诉我它怎么用！"它怒吼道，"每个人都得知道这是我的东西。告诉我怎么用，不然我捏碎你！"

女孩呻吟着摇了摇头。

"我要捏碎你！"

嘉士伯用力地来回摇晃着女孩，她感觉自己所有的骨头都要断了。毫无疑问，嘉士伯会落实它的威胁，没有人能帮助她了，女孩绝望地想。她的眼角余光看到小国王卡勒·维尔士还坐在地板上哭泣，一动也不动。吉姆和乌梅尔则躺在它身边,因为摔倒而神志恍惚。当嘉士伯愤怒地在空中摇晃着女孩时,她想,现在我真的完了,放弃了所有希望,但此时,她突然听到一个声音。女孩费了很大的劲瞥了一眼地板,惊讶地发现卡勒·维尔士已经站起来,披着国王斗篷、戴着金色国王项链的卡勒站在嘉士伯面前。它尖叫了起来。它尽可能大声地尖叫,黄色的毛线头发在它的头上乱蓬蓬地炸开。

"变小,变小!"它喊道。

但什么也没发生。

"没有用!"它绝望地冲着女孩喊道,"只要它拿着电话,咒语就不会起作用。"

苹果手机!女孩看到嘉士伯的另一只手挥动着发光的手机,她看准时机,抬起双腿,使出浑身力气踢向这个巨大的机器。果然,它从错愕的嘉士伯手中飞了出去。

"现在可以了!"乌梅尔喊道,同时小国王卡勒·维尔士也喊道:"变小,变小!"

嘉士伯惊呆了,停止了它的疯狂行为。女孩觉得它的手松开了。所有尖叫和攻击都结束了,木偶们全都僵在原地。然后,嘉士伯发出了邪恶的低吼声。它迅速变得越来越小,抓着女孩的手软了,再也抱不住她,最后,女孩一跃落在了地上。当她起身转向嘉士伯时,发现嘉士伯已经和自己一样小,和其他小伙伴一样是个木偶了。

"你好，嘉士伯！"乌梅尔说，忍不住放声大笑，它太开心了。

嘉士伯没有回答。它静静地看着她们四个，然后坐到了地上，双手捂着脸。它长袍上的铃铛发出低低的叮当声。哈图拿起和嘉士伯一起缩小的苹果手机并让它的光线照在嘉士伯身上。

"滚开！"嘉士伯的低声从它的手指间传出来。

"为什么？"女孩平静地问道，就好像刚才的怒吼和惨叫都不存在一样。她不再害怕，黑暗就像一块柔软的布。

"为什么？"女孩又问了一次。

"因为我是坏人！"

嘉士伯的声音听上去不再是愤怒，而是十分悲伤。"每个看到我的人都这么说。这就是我永远无法摆脱黑暗的原因。"

"胡说！根本没有坏人。"

女孩感到惊讶，她居然为坐在她面前的嘉士伯感到难过。

"看着我！"她温柔地说。

嘉士伯只是默默地摇了摇头。

"请看着我。"

"不要。"

"请看看吧！"

她耐心地等待着,过了一会儿,嘉士伯还是抬起了头。与此同时,女孩为它拍了一张照片,闪光灯在黑暗中亮得晃眼。嘉士伯惊叫一声,再次颤抖着用手捂住了脸。

"别害怕,"女孩说,"我敢打赌你从未看过自己的样子。"

她小心翼翼地蹲在嘉士伯旁边的地板上,将苹果手机递给它。吉姆、乌梅尔和小国王卡勒·维尔士站在她们周围,着迷地看着。过了一会儿,好奇心战胜了嘉士伯,它抬起头来,沉默地盯着自己的照片看了很久。它看着自己的大鼻子、睁大的眼睛,还有那个笑容,那个哈图在战时冬天的晚上,在冰冷的工作室里,刻下的咧到耳根的笑容。

"我在微笑。"它说,好像这一句包含了千言万语。

女孩点了点头。"是的,你在微笑。"

嘉士伯看着女孩。在女孩看来,它那原本看起来很邪恶的笑容似乎变了。

"那就没关系了,"它轻声说道,"我得救了。"

"得救了?"女孩问,"这话是什么意思?"

但嘉士伯只是摇了摇头。

"答应我,让哈图告诉你一切。"

当黑暗像潮水一样涌向嘉士伯时,它带着全新的微笑看着女孩。黑暗爬到它的身上,一点一点地吞噬了它。它的彩色长袍上的铃铛最后响了一声,然后它就消失了。

"过来!"

剧烈的咳嗽声和地板上嘎嘎作响的脚步声传来。哈图点点头,然后用手抚摸着立在工作室中央的真人大小圣像的手臂。这与他们用来雕刻木偶的椴木相同,但摸起来非常光滑,就像真人的皮肤一样。她的手指小心翼翼地抚摸着下面的肌肉。圣塞巴斯蒂安目光温柔地凝视着地面,低着头,嘴角挂着微笑。除了围着一块布,它全身赤裸,木头还没有上色,插在这位殉难者身上的箭还不见踪影。但是木雕师已经给它钻了孔,左大腿上有一个,臀部有一个,胸口有一个,脖子上有一个。哈图觉得她能感觉到木皮下的伤口在流血。

"咦?你是谁?"

年迈的路德维希·柯尼斯伯格疑惑地看着哈图。他站在他工作室的圣像之间,身体像一根茎一样佝偻着,蓬松的黑色毛发几乎覆盖了整张脸,甚至从他的耳朵和敞开的衬衫里伸出来。当哈图好奇地盯着他粗大的手时,他点燃了嘴角边挂着的半支雪茄。

"我是汉娜萝蕾·欧米臣。我父亲跟您打过招呼了。"

木雕师摇摇头。"我已经告诉你父亲了,我不会再收徒弟了,尤其是女孩。你今年多大?"

"十七。我也不想做学徒。"

那她想要的是什么?当她的父亲告诉她他已经和柯尼

斯伯格打过招呼时，哈图非常兴奋。在她小的时候，他曾在莫里茨教堂给她看过他的一幅圣母像。没有什么比雕刻更能给哈图带来乐趣了，一路上她都在思考对这位著名的木雕师说些什么。而现在，她一句也想不起来了。

"不做学徒？"

"我原本是很想的，柯尼斯伯格先生，但我没有时间。我们一直在表演！而且我还得雕刻木偶。您知道'奥格斯堡木偶剧院'吗？"

木雕师做了个鬼脸。"你会雕刻木偶？"

"大部分都是我父亲做的，但我也做了一些。比如刚刚雕刻了《浮士德》中的魔鬼。"

"你们还演《浮士德》？"路德维希·柯尼斯伯格似乎很惊讶。

"是的，这是我们演的第一部给成人看的剧，需要非常多的木偶！梅菲斯托、浮士德以及他助手，来自帕尔马的公爵和公爵夫人，然后嘉士伯再次上场，尽管它根本不适合这出戏。还有许多魔鬼。菲兹利普兹利是我的最爱，尽管他有点蠢。"

木雕师笑了："那你们的剧院确实很棒！"

"是的，"哈图认真地说，"著名的木偶演员弗里茨·格哈兹也来参加了开幕式，之后我们在他的酒店房间里庆祝了首映。他随身带着一小罐雀巢咖啡，用自来水在牙刷杯里泡开,然后我们轮着喝。"

"真的是咖啡吗?"

"他说他在黑市上花了两百马克买下的!我们很高兴我们的剧院真的建立起来了。在货币改革之前,我们的票一直售罄。但现在观众都离我们而去了。"

老雕刻师点点头。"当大家都一无所有时,每个人都有钱买艺术。你知道我过去三年都卖了些什么!现在每个人都有钱了,一切反倒结束了。"

"我的姐姐乌拉看到一辆卡车停在地区储蓄银行前,手持冲锋枪的美国士兵跳下车,卸下了大袋的钱。"

"第二天早上,商店橱窗前的木板箱突然不见了,玻璃被清理干净,陈列柜里堆满了以前没有的东西。"

"我们辛苦赚来的钱没有了。尽管如此,父亲还是降低了票价,期待观众能回来。可是剩下的观众不多了。但父亲说,《浮士德》在艺术上取得了巨大的成功。"

"那你怎么认为呢?"

"我喜欢弗雷德,他是我们最好的配音演员,他给梅菲斯托和嘉士伯配音。您知道吗?是同时配两个角色哦!当他先用一种方式说话,然后再用另一种方式说话时,这很有趣,就好像他身体里有两种声音一样。"

哈图一边说,一边用眼睛扫过整个工作室,突然,在一个被花园中的树莓藤遮蔽的窗台上,她发现了一个圣母像，便再也无法将目光移开。它的脸丝滑如牛奶和蜂蜜，草莓红的嘴唇浮在脸上，蓝色的披风包裹着它。哈图一言不发地走向它。它的木头不再是木头，而是真正的皮肤和衣料，有的如天鹅绒般光滑，有的有起伏的褶皱。圣母玛利亚向参观者伸出了祝福的手指，看起来栩栩如生。

"这是您做的吗？"哈图惊讶地问道，并没有看向木雕师。

"我？"他扑哧一声笑出来，不由得咳嗽了几声，"我可没那本事。它出自上莱茵河地区，大约1450年。"

"那它五百岁了！"

"是的，不过又怎样呢？过去即是现在，现在即是过去。什么都没有变化。"

哈图难以置信地看着他。

"你不相信我？来，我给你看样东西。"

木雕师推开一扇门。杂草丛生的花园里长满了陈年果树，草长得很高，野蔷薇的果实红彤彤的，到处都是木雕，哈图都不知道该往哪里看。有些木雕很小，小到杂草早已覆盖了它们；有些木雕很大，大到黑莓都攀上了它们。大多数木头都很老了，早就变成灰色了。这些木雕有以各种常规的姿势举在空中的手、盯着人看的眼睛、弯曲的后颈、被草地掩住的脚以及嘴。所有的木雕都与工作室里的圣塞巴斯蒂安不同。它们是雕刻粗糙的人物形象，脸看起来像面具，有裂纹的木块破坏了人们对于皮肤的想象，同时，这些劣质的木头充满着节孔，像疮痂污了皮肤一样。木雕师在纹理粗糙的胡桃木上寥寥数刀刻出了人脸，仿佛这张脸本来就是木头自带的。哈图情不自禁地抚摸着所有这些木雕，感受这些切口以及锉刀和凿子的痕迹。突然，她不由得想起米歇尔的朋友们举办的展览。

"这很现代。"她看着柯尼斯伯格说道。

"现代？"木雕师又笑了起来并摇了摇头，"现代！你是说这里的和里面的圣母像不一样？"

哈图点点头，不确定地看着他。

"胡说。小姑娘，这些都是一样的！你必须控制好你的刀，了解这些木头，这就是核心。别去想哪些是所谓现代的，哪些是现在的人不再做的。我们只负责雕刻这些面孔。因为这就是艺术一直在刻画的对象：人类！"

哈图无法停下在雕塑间漫步的脚步。她明白他在说什么，但她不知道自己对这些话是什么态度。她面前的这棵老梨树，看起来也像在等人往它身上刻上一张脸。

"走吧，小姑娘，看得差不多啦！"

木雕师重新点燃了已经熄灭的雪茄头。也许是因为不得不离开花园的哈图看起来很伤心，他说道："如果还想看的话可以回来。"

女孩把苹果手机递给哈图,疲惫地重新站在月影周围,小纽扣吉姆、卡勒·维尔士和乌梅尔在她旁边。她们也不知道在黑夜里跌跌撞撞了多久,在没有时间概念也没有路径的黑暗中,她们居然走到了想去的地方。

月光下,哈图坐在木偶中间,穿着红鞋的腿像小鹿一样并在一起,吸了一口烟,拂去身前地板上的小银烟灰缸上的烟灰。

"做得好,"她看着她们四个说,"祝贺你,祝贺你们所有人!"

但是女孩高兴不起来。苹果手机现在对她来说一文不值。要手机有什么用呢?她想家,想念那个有双层床的房间,想念书架上的《猫武士》系列小说和窗台上的贝壳,心形小盒子里闪闪发光的手镯,还有最后两匹她没有送人的玩具马。她对所有小孩子家的事儿感到尴尬。但什么是小孩子家的事儿?她身边的木偶似乎不再是小孩子家的玩具了。她想到了整天和朋友们来回发送的短消息,想到了她们分享的网络视频,想到了睡衣派对,以及放学后和朋友们在罗斯曼商店试口红。还有,她有点喜欢上了隔壁班的一个男生。而这一切都无限遥远、无关紧要了,和这里发生的一切都毫不相关。

"您不必再害怕嘉士伯了,它不会出现了。"女孩说。

"它不会出现了?"

"它永远消失了。"

哈图不可置信地看着女孩:"永远?"

"是,"女孩疲倦地点点头,"它让我问您有关它的故事,它并不是坏人。"

哈图不可置信地看着女孩,接着哭了起来。"都是我的错。"她哽咽着说。

"请告诉我吧!"

但哈图只是摇了摇头,眼泪顺着脸颊流了下来。女孩放弃了追问,在哈图身边的月影中坐了下来。她将不再重要的苹果手机放在一边,闭上眼睛,努力回想自己所知道的关于哈图的所有故事。过去即是现在,现在即是过去。时间消融在黑暗中。女孩自己也参与到这个故事中。女孩想,这可能意味着,只要她不知道嘉士伯的秘密,她就不能回家。

"汉斯呢?"

其实她也不知道自己为什么会想到这个问题。只是一切似乎都联系在一起,包括女孩自己想知道的、哈图告诉她或隐瞒她的内容,一切都像哈图所说的用"心线"连在一起。

"汉斯?"哈图擦了擦脸上的泪水,惊讶地看着她,"怎么忽然问起他?"

"是的。我想知道您和汉斯怎么样了。还有和米歇尔,他又吻你了吗?"

哈图布满泪痕的脸上掠过一丝微笑。

"不,我们没有再接吻了,"她说,"他有再动过这个念头吗?我也搞不清了。我们还有很多其他事情要做。但你是对的,是时候告诉你关于汉斯的事了。有一天,我们一起去了动物园。"

"动物园是对动物的虐待。"

当他们在西本蒂施的动物园前停下自行车时,汉斯说他不由得想到了大象。哈图点点头。奥格斯堡的每个孩子都知道大象阿布·阿巴斯的故事,这头大象是查理曼大帝从哈里发哈伦·拉希德那里收到的礼物,它从亚琛一路走到了奥格斯堡。还有所有其他为了弗里德里希二世加冕典礼而送到奥格斯堡的奇怪动物。直到今天孩子们还在听说这些外来动物:黑豹、鸵鸟,当然还有狮子。但是这个动物园里已经没有外来动物了,只有鹿、狍子、野猪和狼。也许它们在轰炸后逃进了森林,也许它们在轰炸之前就被人宰杀了,围栏不见了,到处都是弹坑。西本蒂施森林正好位于美国轰炸机的进攻路线上。哈图和汉斯的周日郊游还没开始就失去了目的地。

汉斯和哈图慢慢地推着自行车穿过废弃的区域。自从他意外出现在木偶剧院的首映礼上,等着她在演出结束后向她表示祝贺后,他们又开始时不时地约会了。她从侧面看着他。尽管穿着短皮裤,但他看起来确实是长大了。夏天过后,他晒黑了,白衬衫的领子敞开着。他看起来一脸严肃。

他们来到了与动物园直接相连的植物园门口,沿途一个人影也没有。哈图几乎不记得这里曾经有过外来植物、蜿蜒的小径、白色的长椅、凉棚,因为在战争开始时,植物园就改造成了一片一片的菜地。水池干涸,碎石路上杂草丛生,空气中弥漫着烧土豆的刺鼻烟雾。人们在临时搭建的田地里弯下身子,从地里挖出土豆,扔进铁丝筐里。如果当时我在这里,应该也会这样做的,哈图心里想,妈妈会很高兴的。汉斯的沉默让她觉得像一种奇怪的默契,她不想打破。

当午后的阳光穿过田野边缘的树丛,明晃晃地刺进哈图的双眼时,她突然想起了这里曾经真正吸引人的地方——以前这里有两个巨大的温室,而哈图之前已经完全忘记了。这也是人们战前来到这里的主要原因:欣赏棕榈树,在玻璃罩下,人们仿佛置身于遥远的热带丛林中。除了棕榈屋,还有小一些的维多利亚·雷吉亚屋。父亲向她解释说,维多利亚·雷吉亚是这朵巨型睡莲的名字。哈图不假思索地离开了杂草丛生的碎石路,朝着树丛边缘的方向进发——温室便藏身于此。她寄希望于童年的记忆会魔法般地拯救这个地方,让其幸免于难,这个想法本身就是幼稚的。哈图近年来经常经历这种失望，都已经懒得多说了。

棕榈屋只剩下了钢架，所有的玻璃都在爆炸的威力下崩碎了，他们沉默地推着自行车，只有轮子碾过碎片时发出的吱嘎声。令人惊讶的是，隐藏在树下的睡莲屋看上去几乎完好无损。虽然玻璃穹顶也破碎了，但由涂成白色的通风板条组成的展馆墙壁居然毫发无伤。他们将自行车靠在依然竖立于入口两侧的两棵号角树中的一棵边上，才小心翼翼地走进去。

装饰精巧的四壁围住了这个不是很大的房间，感觉就像阳光透过木制百叶窗，洒进午后的卧室。房间中央那个低矮的八角形人造水池还在，里面曾经放着可供欣赏的巨型睡莲。当他们站在它面前时，哈图想起了一张她小时候坐在其中一大片睡莲叶子上的照片。虽然她已经看过很多次照片，但现在她第一次想到，父亲一定是爬到水里把她放在那儿拍照的，她想象他脱掉鞋袜小心翼翼地抱着她蹚过湿滑的地面，来到睡莲旁边。她对此没有记忆了，但她仍然认得那个地方，而且它居然还在这里，仿佛她和汉斯的旅行终于有了一个目标。

池子已经空了，睡莲在哈图童年时像巨大的无眼动物一样躺在水面上，而现在已经干了，覆盖在混凝土地面上，它皱缩了起来，叶面上布满了污垢和玻璃碎片。曾经环绕着水池的白色长椅已被推到一起，有些甚至被破坏了，这是大火留下的灾痕。角落里堆满了垃圾，有破掉的衣服，坏了的背包，还有骨头，上方围着嗡嗡作响的苍蝇。汉斯拉开一顶旧军用帐篷的防水布，有人用它盖住了其中一个凹室。一张床垫出现了。

"你那间废墟中的公寓还在吗？"哈图问。

汉斯说不在了，他又和父母住在一起了，房子被拆了。

"那个夜晚很美好，还记得吗？我们那会儿一起听了收音机。"

他点点头。但因为他什么也没说，所以哈图对自己抛出的问题感到尴尬。她说正在读萨特的剧本，问汉斯知不知道萨特。令她惊讶的是，他再次点头。她说她最喜欢的是三个人下地狱的那场戏，但这个地狱只是一个房间。他们三个不能出去，灯也永远不会熄灭，他们总是不得不想着他们所爱的人和他们死后还活着的人。渐渐地，这三个人都欠了他们最爱的人一笔债。这就是为什么他们不能对彼此好。而这是真正的地狱。

"每个人总是表现得好像一切都可以这样继续下去，"汉斯认真地回应道，"就好像战争没有发生过一样。但这是不可能的。这就是为什么我不喜欢你们木偶剧院里上演的童话故事。"

"那大象呢？"

哈图不想让他那样说她的父亲。她说他也会想到大象。除了战争之外,还有别的东西。

"我明白的。不过你从谁那里拿到萨特剧本的?米歇尔吗?"

"是又怎样?"

她转身离开,而此时汉斯站到了她身后,抓紧了她的手臂。

"哎呀,你弄疼我了!"

哈图不明白为什么气氛突然变了,就像乌云笼罩了天空,但她也感觉到自己的内心飘过了悲伤的乌云。她没有像她本来想要的那样挣脱汉斯的控制,反而更紧地压在他的怀里并转向他,感觉到他的呼吸喷在她的脸颊上。她平静地看着他,等待着。然后她默许汉斯亲吻了她。

还是发生了,哈图想,虽然直到最后一刻她也不知道她是不是希望现在这件事发生。她感觉到他的手在她的裙子下快速移动,他们跌跌撞撞地接吻,像喝醉的人在跳舞,碎片在他们的脚步下嘎吱作响。不知过了多久,哈图的脚撞到了床垫。她吃了一惊。谁想睡在这里?这一地污泥让她厌恶,但她也知道他们别无去处。"和米歇尔怎么样呢?"汉斯在她耳边问道。她只是摇摇头,倒在床垫上,把他拉向自己。

后来,当他们并排躺着时,哈图首先想到的是她并不感到羞耻。她时常想知道和裸体的男人在一起会是什么感觉。现在她很喜欢这种感觉。她坐起来，看着汉斯苗条的身体。在他左侧的臀部和肋骨之间的皮肤上有结痂也有裂口，像石板一样。

"这是怎么了？"

"磷，一种燃烧弹。我以前当预备役炮兵的时候弄的。"

他对她的询问感到不自在。哈图记得自己第一次听到这个词时对它的描述：磷，自燃，无法扑灭。在她听来，这像童话里的谜语。先是爆破弹落下，摧毁了电话、水管和煤气管道，让人根本无法灭火和寻求支援。然后空投的水雷覆盖了屋顶，门和窗从门框和窗框中弹出。最后，燃烧弹点燃了已经裸露的屋顶架，大火顺着木楼梯向下蔓延。

"对不起，我之前太粗鲁了。"汉斯说。

战争有时可见，有时不可见。她俯身在他身上，温柔地亲吻伤痕累累的地方，他竟然默许了她这样做。然后她又躺回他身边。射入亭内的午后阳光是红色的。天开始变冷了，但哈图还不想离开，依偎在他身边。

哈图第一个发现米歇尔，因为他比其他人高，她拉着汉斯的手穿过人群。天上飘下细雨。这是1949年5月11日的早晨，整个奥格斯堡的人倾巢出动，今天是"圣体奇迹"这个传奇满七百五十周年的纪念日。每个人都想在传统的烛光游行中一睹奇妙的血之圣体的风采。据说十二世纪时，一位来自奥格斯堡的虔诚女士在圣礼中偷偷将它从嘴里取出，然后用蜡保存在家里。当她良心不安并坦白罪行时，圣体膨胀开来，其蜡质的外皮炸开了，此时它已经变成了一块有着脉动的玫瑰色肉块，上面细细的血管清晰可见。哈图已经忘记了他们为什么要约在游行中见面。她拥抱了弗罗尼并向其他人点点头。

"这是汉斯。"她就说了这么一句。米歇尔嘲讽地笑了笑。

"你到底多大了呀，哈图？"

威力巴尔德严肃地看着她，她担心他会告诫她，她太年轻了，还不适合交男朋友。

"这个问题可不能问年轻女士！"弗雷德开玩笑说。

"我十八岁了。怎么了呢？"

"你这个小妞！"米歇尔说。

"我也十八岁了呀。"弗罗尼为她的好朋友辩护道。

"今天要聊什么？"哈图想知道。

"今天要聊什么？不能再这样下去了，哈图，"威力巴尔德说，"我们工作太多，挣得却太少。"

"上周一天演出三场：《仙鹤之王》《霍勒太太》《浮士德》，"弗雷德恳切地看着哈图，"当我告诉你父亲我们需要更多钱时，你知道他说什么吗？"

哈图知道弗雷德有多喜欢演浮士德。这是他最引以为豪的作品，观众喜欢他的声音。如果他抱怨这部作品，那情况一定真的严重了。

"他说：谈钱干什么呢？你的这份工作多棒啊。"

她点点头。父亲总是认为每个人都对木偶剧院充满热情。但现实的问题是，自货币改革以来，他们的收入远低于预期。这就是为什么他们这么频繁地演出，而更高额的工资父亲根本支付不起。其实哈图和乌拉为了至少能够支付其他人的费用已经放弃自己的工资了，不过这话不说也罢。

"我们得赚更多的钱，"威力巴尔德说，"我们不再是少年了。"

"我现在也成年了，"弗雷德说，"我必须考虑我想要的生活是什么样的。"

"我的年龄要是也这么大就好了。"乌拉说道，苦涩的目光环视了一周。

他们在圣物收藏室附近的圣十字教堂前见面，自爆炸当晚以来，这栋建筑一直充当着急用教堂。耸立着的教堂遗迹已经没有了顶，身后也被煤烟熏黑。游行队伍从这里出发，经过宫廷花园到达大教堂。

"我可以说几句吗？"

汉斯松开了哈图的手。

"说你是哈图的男朋友？"米歇尔立即打断他。

大家都笑了，尤其是托尼，好像他永远不会口吃了一样。

"是的，我是她男朋友，"当大家再次安静下来时，汉斯说道，"我想加入你们，虽然我一直认为木偶剧是小孩子家的玩意儿。你说得对，弗雷德，我们不再是孩子了。但我们也还没长到我们父亲的程度。"

弗雷德怀疑地看着他。

"这就是为什么我们应该打造适合我们的木偶剧院。为此，我们必须想出新的故事。我们一定要想出新的故事！哪怕一开始钱不多，但像现在这样可不行。"

哈图紧张地挨个儿看着他们。她已经把所有人都放在了心上，英俊的弗雷德，偏爱坏角色的威力巴尔德，口吃而善良的托尼，年轻的、想成为真正的演员的马克斯，内向的美人玛格达莱娜，当然还有她最好的朋友弗罗尼。打破沉默的也是弗罗尼。

"我和乌拉一样，"她平静地说，"我想我的生活里该有些别的事儿做。但与乌拉不同的是，我真的会去做。所以我退出了。"

"我也是，"威力巴尔德抱歉地看着哈图，"这对我来说不值得。我也退出了，抱歉。"

哈图没有理会他。她惊讶地看着她的朋友弗罗尼，难以置信地摇着头。这是她着实没有想到的。

"弗罗尼！"她说不出别的话。

就在此时，圣物收藏室的门打开了，周围的人群聚了过来，挤在一起，辅弥撒男孩穿着镶白色蕾丝镶边的长袍出现，最前面是一个金色的游行十字架。一众教徒紧随其后，人们一手拿着细蜡烛，另一只手试图保护火焰，免得被风吹灭。合唱团的高亢女声席卷了全场。修道士紧随其后，他们是十几个身穿白色僧服的多米尼加人，最后出场的是修道院院长，他披着丝绒布，胸前是闪着金色光芒的圣体匣，里面装着"圣体奇迹"。

哈图记得，小时候的她有一次去教堂，那时一切都还富丽堂皇、完好无损。当圣物箱打开时，她的父亲低声提醒她抬头看。她感到奇怪的是，她不知道自己是否相信上帝。人群缓缓移动，走上科勒街，穿过废墟向大教堂的方向进发。圣体匣在雨中闪闪发光。跟在后面的是笑着、蹦跳着的孩子们，还有一脸严肃的围观群众。

敲门声响起，哈图正忙于雕刻，很长时间都没听到敲门声，而等她听到敲门声后，又过了好一会儿才反应过来她正在工作室，这个工作室是父亲和她把大厅旁边的旧仓库改造而成的。当父亲外出时，哈图经常会在这个大房间里独自度过整个下午，周围环绕着近年来所有用来表演的木偶。挂在那里的有穿靴子的猫，还有浮士德、霍勒太太和白雪公主、魔术师卡施努尔和整个勺耳兔家族、睡美人、小美人鱼、狼、小红帽和格诺费娃。敲门声又响起了，这次哈图听得很清楚，但是今天没有演出，她不知道会是谁。她放下刻刀，穿过剧院大厅走到大门口。

是弗雷德。他肯定有什么心事，其他人很少来这里，他四处观察的样子让哈图感到紧张。她从工作台下拉出一张凳子，他坐下，随即从夹克口袋里掏出一本薄薄的小册子，放在哈图刚刚用来做木偶头的虎钳旁边。

"我们必须演这个。"

"新戏？"

哈图不知道该怎么办。到现在为止，剧本都是由父亲挑好的。

"不是剧本，是一个故事，一个非常悲伤而美丽的故事。"

哈图念着细长的紫色丝带上的名字："安托万·德·圣埃克苏佩里"。

"一名飞行员。"

"法国的飞行员？"

"是的。战争还没结束时，有次他在地中海上空飞行时失踪了。这本书的德语版刚刚问世。"

"《小王子》。"封面上是一个穿着肥裤子的小男孩。"什么内容呢？"

"你得自己看。答应我，你一定要看！"

她从未见过弗雷德如此激动。"我答应你。但这不是剧本的话,要怎么演呢?"

"很简单,我来改写。"

"你?"

"是的。这不该你父亲来做。你只要看了这个故事就明白为什么了。这与童话故事不同,这是写给我们的。"

"写给我们?"哈图问。

父亲坐在窗边的一张扶手椅上,沉默地弹去雪茄上的烟灰,另一只手轻叩着放在茶几上的紫色小书。午后的阳光穿过雪茄的烟尘,仿佛穿过雾气一样。

"你觉得怎样?"哈图问。

她很兴奋。起初,她不想读弗雷德放在工作台的刻刀和木片之间的小册子,因为她无法想象除了父亲外还有别人能选择他们演的内容。但是后来,弗雷德在下一场演出后又问了她一次,她便在当晚睡前打开了它,结果用了一整夜读完了这个飞行员写的故事。她读到了这个飞行员在沙漠中迫降,差点被渴死,读到了忽然出现在他身边的小男孩,读到了小男孩是如何离开他的小行星和他挚爱的玫瑰来到了地球上,读到了他在旅途中遇到的形形色色的人。一幕幕画面在哈图眼前掠过,最后,当狐狸出现时,她禁不住哭泣。

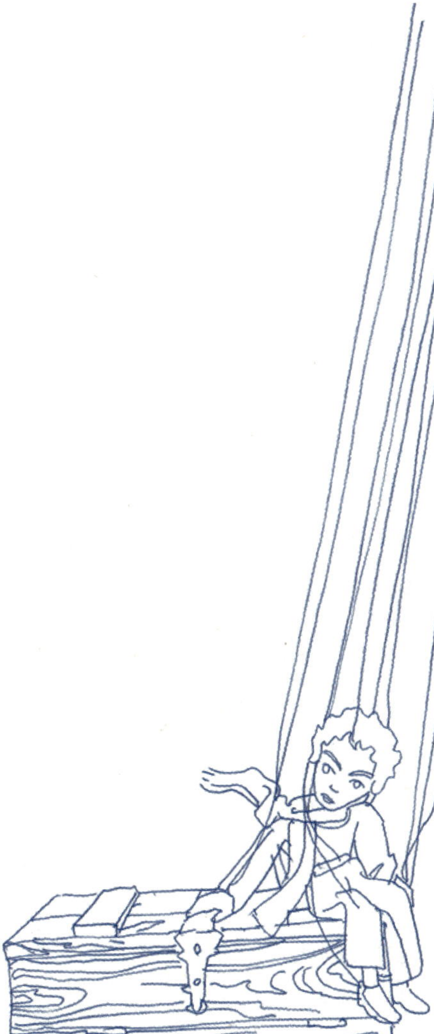

"你觉得怎样,爸爸?"她再次问道。

他抽着雪茄点点头。"这是一个非常好的故事,哈图。"

这是一个写给孩子的故事,但和通常写给孩子的故事不一样。"只有用心才能看得清楚",她引用了圣埃克苏佩里的句子,把这句话用在父亲之前提到的"心线"上。还有另一句:"最本质的东西眼睛是看不到的。"现在她已经确定,父亲理解了她为什么这么喜欢这个故事。

"是真的很好,"父亲再次说,"但是我不知道它是否适合木偶剧院。"

"恰恰相反,爸爸!当弗雷德把这本小册子给我时,我不明白为什么他如此激动,并且一定要把它改编成剧。但是,当我读到小王子和飞行员如何在沙漠中相遇时,我就懂了,这就该是我们剧院表演的场景呀。我认为,小王子应该是一个精致的木偶,我已经知道我该如何制作它了。而讲述整个故事的飞行员必须是一个真实的人。"

"但是哈图,这是不能合并的!这是两个不同的世界!"

"不,爸爸。它俩必须在一起。"

哈图猛烈地摇了摇头。然后她说出了在阅读时就立刻想到的话:"飞行员必须由你来演!"

父亲看了她很久,刚才那句话横亘在这间屋子里、在这对父女之间,仿佛发出了回响。弗雷德是对的。这个看起来像童话一样的故事，其实和他们之前在木偶剧院里演出的童话完全不同。这对她和她的朋友来说是一个故事，是一个关于战争和成年人的故事。所以他们需要哈图的父亲把这个故事讲述出来。

"你刚才说到詹宁想来改写？"过了一会儿，父亲问道。

"是的。"

雪茄几乎燃尽了，他必须使劲儿吸，才能让烟头在烟灰中再次发亮。烟雾笼罩着他。

"我们必须开始巡回演出了，哈图。这样我们才能赚点钱，"他小心地弹掉烟灰，"现在，我们确实需要箱子来装下整个舞台了，木偶剧院得跟着车走。我已经和克拉泽尔特说过了，也许他可以为我们制作一些东西。"

哈图点头。她知道他为什么这么说。当弗罗尼和威力巴尔德因薪酬而离开剧院时，他感到非常失望，并再次试图说服他们，谈论了木偶表演师这个职业的美好以及对孩子的重要性。但是两人只是摇了摇头。

"那《小王子》呢？"

父亲不确定地看着她。"我希望詹宁能好好做。我不想在舞台上因为台词不好而难堪。"

父亲答应了！哈图一身轻松地拍起了手。

"爸爸，我还有件事要告诉你。"

"什么事，哈图？"

"我交了个男朋友。"

哈图将额头靠在冰冷的玻璃上。在轮胎碾过混凝土板发出的单调的咔咔声中,她疲倦地看着山谷中的积雪、新开垦的田野、高大的冷杉树、被房屋簇拥着的教堂塔楼。天刚蒙蒙亮,大巴车拐进了多瑙沃特大街的院子里,光头克拉泽尔特先生困倦地扒开车间的门,和爸爸一起把拖车拉了出来,上面放着他们在过去几个月做好的可拆解的巡回舞台。未上漆的、和腿一般高的抛光钢板在第一道晨光中闪闪发光。上面写着"奥格斯堡木偶剧院巡回舞台",下面写着"欧米臣木偶剧院"。

"有点像鲁道夫·卡拉乔拉的银箭。"父亲对奥古斯特·克拉泽尔特赞赏地说,造车匠自豪地点点头。

高速公路的混凝土道路以宽阔的弧形汇入风景中,车道仅由一条狭窄的中间带隔开,上面覆盖着干枯的冬草,有的地方也有一些灌木丛或小树。他们一会儿超过了一支美军的车队,一会儿超过了一辆装着木制汽化器的旧卡车,一会儿又有一辆车头向前隆起的欧宝大型轿车从他们身边驶过。一个深蓝色的标志从眼前快速闪过,白色的箭头上方写着"慕尼黑"和公里数。哈图握住了男朋友的手。

报纸对他们的《小王子》充满热情,然后他们接到了巴伐利亚艺术学院的邀请:诚邀您前往宁芬堡宫,在1951

年的年会上演出。这对父亲来说意义重大，这种认可是他期待已久的。他们将于 6 月底在魏森霍恩演出，并且已与不伦瑞克、汉堡和奥斯纳布鲁克达成协议，在夏末进行巡回演出。哈图闭上眼睛。她很想念弗罗尼，想起了当年心跳加速的童真誓言，还有同在一个被窝里的窃窃私语；想起了她们如何躺在湖边，阳光如何轻抚着她们的皮肤；想起她们如何一起寻找弗里德曼夫人。她们什么时候开始变得陌生了？好闺蜜的笑声在她父母死于轰炸之夜后突然变得凝重，凝重的还有弗罗尼时不时看向哈图的眼神，仿佛对哈图在战争什么都没失去有了一丝鄙视。

我们长大了，哈图想，睁开眼睛看着父亲，他根本不能安安稳稳地坐在司机后面的座位上，可见他有多么兴奋。他穿着他最好的三件套，站在过道上，双手扶着行李架摇摇晃晃。

"它于 1938 年完工，"他看着外面的高速公路说道，"当时，所有机场都被炸毁了，最后他们把 Me 262 停在这里，一种喷气式战斗机，也是一种了不起的武器。它们可以直接从高速公路上起飞。"

弗雷德坐在马克斯旁边，托尼坐在米歇尔旁边，乌拉与音乐家伯恩哈德·斯蒂姆勒坐在一起。最后一排的谢勒曼两兄弟是新来的。卡罗是一位来自奥格斯堡的艺术家，他为《小王子》设计了舞台布景，它不同于之前的任何舞台布景：简约、多彩、超现实。他的弟弟沃尔特最初只是出于好奇而来，现已成长为他们最好的配音演员之一。恩斯特·阿曼坐在他的身边，他来的时间也不长，大家都叫他恩斯特尔，今天也一如既往地任凭散乱的头发垂在脸上。比阿特丽克斯·拉夸和玛格特·克拉茨也是新来的，后者去年秋天申请成为配音演员，并立即被父亲接受了，父亲对她的声音很满意。

在没有表演的日子里，哈图教她如何使用木偶，并有次借机问她为什么要向父亲申请成为配音演员。玛格特点点头，好像在等着这个问题。

"大概是在1942年或者1943年，我记不清我是十二还是十三岁了，我和父母一起去了剧院。这本来是一件寻常事，但那天晚上有一种特殊的氛围，"她一边说一边让手中的木偶下降，"当时上演的是《哈姆雷特》，开始之前你的父亲走到帷幕前，解释了他为什么要让一部英国人的剧上演。我认为，莎士比亚虽不至于全民禁止，但也不喜闻乐见，即使在普通人中也是如此。"玛格特若有所思地看着哈图："我不记得他是如何解释他的决定是正确的，但我仍然可以记得他站在那儿说话的样子。很多东西我都听不懂，但我觉得你父亲并没有为自己辩解，只是平静地解释了为什么这部剧很重要。这让小时候的我印象深刻。"

哈图看着仍然兴奋地站在过道上的父亲，想起了他第一次穿着飞行员制服出现在排练中的那一刻。对她来说，这就像是与她对父亲曾经穿着制服站在她面前然后离开那一幕的记忆和解。可当她和父亲回忆起这段往事时，他表示不想谈。但是为什么呢？他也不是纳粹了。无论如何，一切都过去了，也许还没有过去？哈图想。"看哪，光芒照进了门槛／帮我们摆脱了黑暗／门后就是亮光／是美好的、即将到来的时代。"她又不禁想起希特勒演讲中那句让她无法忘怀的话，因为这句话听起来像是童话故事中女巫的诅咒："他们将永生无法获得自由。"她打量着周围的人，扪心自问这话是不是正确的。

"现在你该坐下了吧，她爸！"母亲喊道，父亲摸索着回到座位上。

哈图往外看，外面的风景一闪而过。她靠在汉斯的肩上，渐渐失去了意识。当她再次醒来时，他们已经到慕尼黑了，大巴车刚刚经过了一个公园。然后城堡映入了她的眼帘，车拐来拐去，最后停在一大片水面的对面。父亲提过的喷泉在冬天自然是不工作的，他口中闪耀着白色和金色光芒的城堡也不是事实。城堡外壁被涂上了伪装色，整个区域都毫不起眼，草坪上到处都是轮胎的痕迹，被砍伐的树桩随处可见，用于停放汽车的地方被匆忙浇筑了混凝土。每个人都有些迷茫地站大巴车前，僵在原地。

"路德维希国王出生在这里。"父亲解释道。

"他那发疯的兄弟也曾被囚禁在这里。"卡罗·谢勒曼补充道。

"《倾国倾城欲海花》!"小马克斯得意洋洋地喊道,大家都笑了起来。

"这是什么?"乌拉问。

"看看你们这副样子!"父亲失望地瞟了她一眼。

"沃尔特,别管她,"母亲劝他,"年轻人都这样。"

每个人都爆发出开心的笑声。大家都知道沃尔特·欧米臣对于他们"误入歧途的时尚"(沃尔特这么称呼)表示愤慨。大多数男孩的头发都用润发油向后梳,他们穿着尖头鞋和宽松的短外套,弗雷德等人的衣服上还有色彩缤纷的大格子。尽管天气寒冷,少言寡语的比阿特丽克斯·拉夸仍穿着一字肩套头衫,衣服一直从裸露的肩膀上往下滑,她的下半身穿着黑白千鸟格图案的紧身九分裤。在玛格特的窄腰外套下可以看到浅口高跟鞋和接缝长筒袜,欧米臣经常对此嗤之以鼻,因为她当然不能那样上台。只有在母亲的坚持下穿着深绿色两件套的哈图可能符合父亲的审美,此刻他正盯着马克斯看。

"这是什么?"

他指着马克斯的裤子,这个问题几乎被笑声淹没了。

"这叫牛仔裤,老板。"

一扇门打开了,一个穿着灰色外套的大胡子朝门走来。他是管理员，承担了欢迎他们并带他们四处参观的工作。学术会议还在进行着，他解释道，然后带领他们上了一楼。绿色的大厅里已经为晚间活动摆好了座位，后面狭窄的一侧留给了舞台，精致的前排座上还放着钢琴。伯恩哈德·斯蒂姆勒打开琴盖并按下几个键，然后向沃尔特·欧米臣点点头，而其他人则惊奇地环顾四周。房间将近二十米长，白墙上画着绿色的神话人物：一个骑在海豚上弹奏七弦琴的男孩、巴克斯和阿里阿德涅、伽倪墨得斯和赫耳墨斯。小桌子上放着三明治和果汁，饥肠辘辘的一众人赶忙上前填了肚子。然后他们开始卸载拖车。

刚好能通过拖车门的箱盖是米歇尔和托尼搬上来的第一件东西。然后，由管状钢架组成的舞台框架也组装了起来，它约五米高，八米宽。最后是两辆表演车。一切都还是有些不适应，有些东西不能马上磨合好，所以当舞台最终被黑色绒布覆盖时，距离表演只剩下一个小时了。此刻，托尼、卡罗和米歇尔负责布景和道具，进行灯光测试并确保木偶以正确的出场顺序准备就绪，其他人则可以休息一下。

当哈图找到通往城堡公园的大花坛的路时，天已经暗了下来。她小心翼翼地将小王子放在碎石子上，让它也可以环顾四周，因为这里有无限广阔的视野，能够穿过整个公园，俯瞰各种形状的花坛在战后留下的一切。两边的小树丛中已经宛如夜幕了,而晴朗的天空还映着晚霞的红色。哈图坐在了大理石长凳上。

当哈图为小王子完成雕刻、组装和穿衣等工作后,她将它拿给了路德维希·柯尼斯伯格。她知道这是她最好的木偶,所以木雕师怎么评价根本不重要。连父亲也说:我自己做不到这样。虽然王子是个小男孩,但这个木偶没有遵从一般的儿童比例。它有一张严肃的嘴,让它看起来脆弱,同时又出奇地成熟。"伟大的人从不想当然。"圣埃克苏佩里写道。哈图抬头看着天空,天空正在迅速暗下来。很快就能看到星星了,其中一颗星星等着小王子挚爱的玫瑰。哈图猛地站了起来。表演很快就要开始了。

当她回来时,大厅里果然满是找着自己座位的人。哈图迅速闪到帷幕后面,大家都聚集在那里,说着"加油"并向对方的肩膀吐口水。她与玛格特和马克斯一起,带着她的小王子一起爬上了表演台。大厅里的灯熄灭了,伯恩哈德·斯蒂姆勒开始演奏。哈图在第一个场景前俯下了身子。观众可以看到沙漠,听到飞机的嗡嗡声,然后是尖锐的坠机声、撞击声和碎裂声。沃尔特·谢勒曼为了制造这些声音使用了剧院的雷鸣器,稍后他将用他的小提琴奏出各种音调,并让弗雷德用长笛吹出鸟儿的鸣叫。

此时,父亲穿着他的飞行员制服走到舞台前。在首映礼上,所有人都惊讶于演这一幕时观众是多么的安静,此刻果然也是万籁俱寂。哈图听着父亲谈论他的坠机事件，等待着父亲将她引入的那句台词。然后这句台词就来了：小王子出现在沙漠中。

舞台旁边的比阿特丽克斯说："请给我画一只绵羊！"

"什么？"

"给我画一只绵羊。"

父亲跳了起来，看着这个出现在距离人类居住区一千英里的小生命。它因疲倦、口渴和恐惧而半死不活。

"你在这里做什么？"

就好像这是一件非常严肃的事情，比阿特丽斯用她深沉而温柔的声音重复道："请给我画一只绵羊。"

观众可以听到父亲从他的制服裤子里掏出一张纸和一支钢笔，然后抱歉地解释说他不会画画。

"没关系，"比阿特丽克斯平静地说，哈图让她的小王子看着父亲，"给我画一只绵羊。"

他不确定地尝试了一下，并向小王子展示他的画作。

"不！它看起来病歪歪的。再画一只吧。"

然后父亲又画了一次。

哈图让小王子久久地看着这幅画。然后比阿特丽克斯宽容地说："你看，这不是绵羊噢，这是山羊。它有角。"

然后父亲又画了一次。

"它太老了。我想要一只能活很久的绵羊。"

父亲不耐烦地又画了一幅画。

"这是个箱子，"他说，"你要的绵羊在里面。"

一时间台上鸦雀无声，哈图轻轻地拨动着木偶线。

"对了！"小王子欢呼，"这正是我想要的。你觉得这只羊需要很多草吗？"

"怎么了？"

"因为我家那里所有东西都很小。"

"肯定够了。我送给你的是一只很小的绵羊。"

哈图让木偶低头看着画作。

比阿特丽克斯说："看！它睡着了。"

夜幕降临，帷幕落下，父亲在戏台前睡着了。哈图撤下了小王子，玛格特和马克斯已经手拿两颗星球。幕布再次升起，他们在太空中穿梭，飞过了小王子的星球、宇宙统治者的星球、虚荣者的星球、酒鬼的星球、古板商人的星球、点灯人的星球、地理学家的星球；飞过了夜空中的沙漠、玫瑰园、狐穴、铁路道口，然后又是沙漠。他们把木偶从绳子上取下来，又挂起来，从一个人传给另一个人，不间断地表演着已经练熟的动作。

"你好。"当玛格特首次让狐狸出现时，弗雷德轻声配音道。

"你好。"比阿特丽克斯回答。她给王子配音的声音让人分不清是男是女，却能听出声音中的温柔和忧伤。哈图

让它环顾四周。

"我在这儿,"弗雷德说,"在苹果树下。"

"你是谁?"小王子问,"你好漂亮啊。"

"我是一只狐狸。"狐狸说。

"来陪我玩吧。我好难过。"

"我不能和你一起玩。我还没被驯服呢!"

"啊,请原谅!"小王子说,"'驯服'是什么意思?"

"那是一个被遗忘的行为,"狐狸说,"这意味着:变得亲密。"

"亲密?"

"没错,"狐狸说,"你对我来说只不过是一个小男孩,就像其他千万个小男孩一样。我不需要你,你也不需要我。我对你来说只是一只狐狸,就像千万只狐狸一样。但如果你驯服了我,我们就需要彼此了。对我来说,你将是世界上唯一的。对你来说,我将是世界上唯一的。"

"我开始明白了,"小王子说,"有一朵花……我想,它驯服了我。"

"这是可能的,"狐狸说,"地球上什么事都能发生。"

"哦,那不是在地球上。"小王子说。

玛格特让狐狸兴奋得颤抖起来:"在另一个星球上?"

"是的。"

"这个星球上有猎人吗?"

"没有。"

"这太有趣了！那里有鸡吗？

"没有。"

"没有什么是完美的！"狐狸叹了口气，"请——驯服我吧！"

"我愿意，"小王子回答说，"但是我没有多少时间。我还要结交朋友，还要了解很多东西。"

"人只知道人驯服的东西，"狐狸说，"人们没有时间去了解任何事情。他们在商店购买所有现成的东西。但是既然没有商店出售朋友，那人们就不再有朋友了。如果你想要一个朋友，就驯服我吧！"

"我该怎么做呢？"小王子问。

"你一定要非常耐心，"狐狸回答道，"首先，你坐在离我稍远一点的草地上。我会用眼角的余光偷偷地看着你，你什么也别说。语言是误解的根源。但每天你都可以坐得更近一点。"

于是狐狸教会了小王子什么是驯服。舞台上，日夜更替，狐狸把小王子送到玫瑰花丛中，它明白了为什么它如此爱自己的玫瑰花，它想要回到玫瑰花身边。

"再见。"小王子说。

"再见，"狐狸说，"这是我的秘密。很简单，只有用心才能看得清楚，本质的东西眼睛是看不到的。"

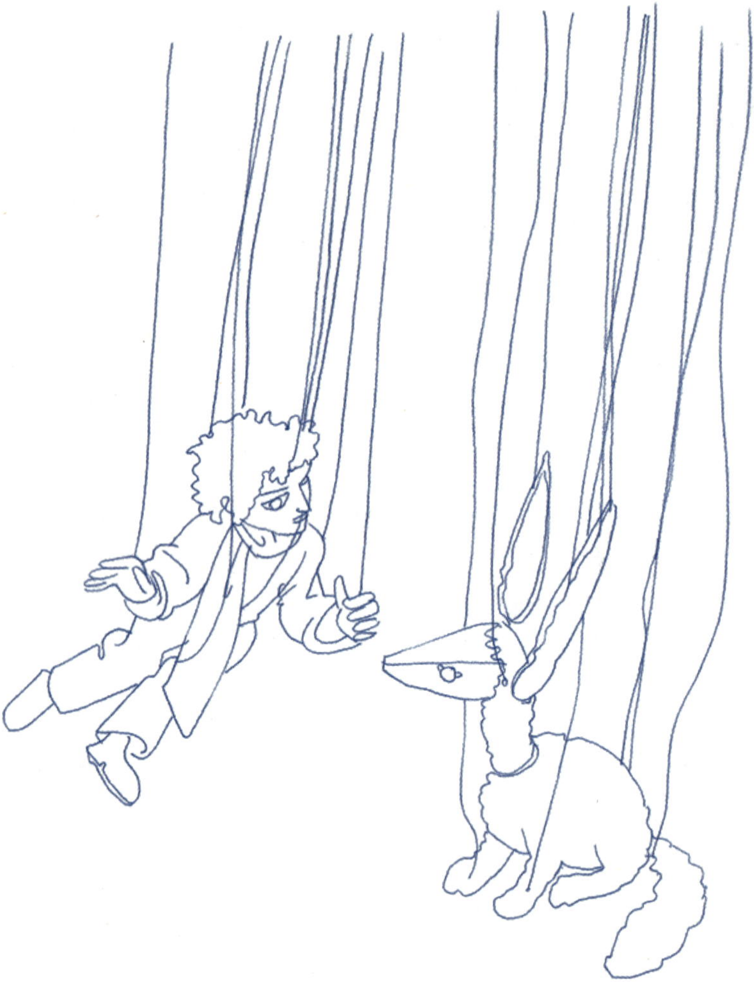

蛇出现了，小王子死了。台前的父亲从睡梦中醒来，说完最后的独白，掌声响起。父亲将舞台上的幕布拉起，马克斯、玛格特和哈图用他们的木偶鞠躬。一位身材修长的老人从第一排站了起来，请大家上前。大厅的最边上，哈图在一扇窗户下靠向米歇尔。这位老者自我介绍了一下，他是学院院长威尔海姆·豪森斯坦，和院长站在一起的另一位先生与院长一起同众人握手，每握一次手便重复道："感谢您，我是克莱门斯·格拉夫·冯·波德维尔斯，任秘书长。"

他们两人穿着战前流行的双排扣西装，衣服不太合身，在哈图看来有点像木偶。两人的脸都又瘦又长，稀疏的头发也以同样的侧分附在头上。院长的鼻子比秘书长的更尖，而秘书长的嘴唇更饱满，厚重的眼睑下双眼疲倦。相反，豪森斯坦的眼睛像老鼠一样机警，眉毛扬起，好像一直做着惊讶的表情，嘴巴看起来小而拘谨。

"里尔克有一句名言，"他开始用微弱的声音说话，"人们可能需要一辈子才能完全理解：主啊，赐给每个人他自己的死亡吧。"作家圣埃克苏佩里的结局是诠释里尔克深切祈祷的最贴切的例子。他在一次空难中丧生并坠入海中，再也没有找到他的分毫。人们会这样想象这位作家的死：他在飞机上中弹，受了重伤，但仍然有足够的意识在空中控制着飞机，向着太阳飞去。就像荷尔德林最喜欢的词"苍穹"一样,无尽的蓝天拥抱了他。一位纯粹的作家的纯粹的灵魂飞入上帝的怀抱!他找到了自己的死亡,我们简直羡慕他的死亡,而我们的重量只能让我们附着在地球上。"

"你能给我一支烟吗?"哈图对米歇尔耳语道。

"你不抽烟啊。"他低声回答,没有看她。

"但是现在我抽了。"

她费了半天劲才控制住吸第一口烟的时候不要咳嗽。她慢慢吐出烟雾,感到头晕目眩。

"感觉不错。"

"除了毕希纳的《莱翁采和莱娜》可能是个例外,没有其他哪部文学作品像这个作品那样突出木偶。克莱斯特将木偶说成反重力的存在,而从天而降的小王子支持并证明了这一点。亲爱的欧米臣女士!亲爱的欧米臣先生!我们衷心感谢您和您年轻的剧团,感谢您的独到艺术品位,感谢您无与伦比的演出。"

母亲站在父亲身边,自豪地看着他。掌声再次响起,所有人都弯腰鞠躬。

"他其实说得很美好。"哈图对米歇尔耳语道。

"是的,但原本不该说得这么美好。"

当哈图还在思考米歇尔的意思时,椅子已经很快被收到一边,酒杯和三明治被均匀地铺开,还有俄罗斯鸡蛋和椒盐棒。她看着大家边聊边喝,三三两两地迅速汇聚成不同的小团体,突然发现汉斯正在同玛格特和弗雷德交谈,周围还有一些学院成员。由于米歇尔没有离开窗台的意思,她也就留在了他身边。一位身穿黑色礼服的美丽女子走近她的父亲。所有围着父亲的人都恭恭敬敬地让开,父亲热情地向她打招呼,仿佛已经认识很久。

"我想知道我父亲在和谁说话。"

"那个人?那是女演员玛丽亚·温默,因为出演了《伊菲革涅亚》而出名。她以前在汉堡,现在在慕尼黑。"

"那边那个光头男呢?"

"一个为《简化主义》杂志画插画的挪威人。不过你看到那边那位了吗?"米歇尔朝一个头发蓬松、戴着细牛角框眼镜的男人点点头,"这是欧内斯特·彭佐尔特。或许你看过玛丽亚·谢尔和迪特尔·博尔舍演的《那天终会来》,那是一部根据他的小说改编的电影。和他站在一起的是伦纳德·弗兰克。纳粹烧毁了他的书。他在三十三岁时移居法国,被拘禁、逃亡并最终到了美国。现在人们骂他是卖国贼。而他们都是好人啊。"

哈图打量着这个有着浓密眉毛和亮晶晶的大眼睛的苗条男人。"那谁是坏人?"

"那边那个,叫霍尔图森。"

"方脸的那个?"

"是的。他从一开始就是党卫军,效忠于帝国安全总局。《我们想骑马去奥斯特兰》就是他写的。现在他又假装存在主义。东部没有更多的生存空间了。《无家可归的人》是他最后一本书的名字,很滑稽,不是吗?"

"再给我一支烟。"

米歇尔把烟盒递给她,一支烟弹了出来,他给她点上火。哈图吸了一口,再次感到头晕目眩,指尖发凉。但当她一想到那些听了她小王子的故事并鼓掌的人,那些正在边喝边聊的人时,她感觉越发眩晕,远胜于抽烟带来的晕眩感。

"和他站在一起的是伊娜·塞德尔。"

哈图打量着身穿带有领结的荷叶边连衣裙的老太太,她的眼珠一直转个不停。

"她发誓要成为希特勒最忠实的追随者:'在这里,我们都团结在一个人的周围,而这个人就是人民之心。'"

"那边那个人呢?"

哈图向一个独自在大厅里来回走动的文雅男子轻蔑地点点头。

"不是什么人物。他是马克斯·乌诺尔德,一名艺术家,擅长木刻、石版画、铜版画。在纳粹解散慕尼黑新分离派之前,他曾担任主席。你看,他正绕开那些啤酒杯呢!"

哈图为父亲感到难过。学院的成员紧紧围成一圈,父亲正站在其中滔滔不绝,她看到父亲很高兴,因为每个人都在听他讲话。

"你怎么能认识他们所有人?"

"那倒也不是。比如那个长着一张鱼嘴的人我就不认识,"他朝一个系着红色领结、头发稀疏的年轻人点点头,他的厚嘴唇正要合在已抓在手中的小面包上,"而且我也不认识那边的菲利门和巴乌希斯*。"

他转过头,朝一对年迈夫妇的方向点了点。哈图什么也没说。她看到汉斯一边和乌拉说话,一边准备再拿一个俄罗斯鸡蛋。马克斯又喝了一整杯酒,正摇摇晃晃、手足无措地站在这些名流之间。哈图担心他,但同时感到自己的紧张情绪开始缓解。让弗雷德写剧本是对的,演童话以外的东西也是对的。

"哈图?"

从他俩站在一起到现在,这是她第一次看向他。

"我要退出了。"

哈图吓到了。"因为汉斯?"

米歇尔和哈图一样对她的问题感到惊讶。然后他像往

---

* 菲利门和巴乌希斯是希腊神话中生活在弗里吉亚的一对贫穷而虔诚的老夫妻。

常一样嘲讽地笑了笑,哈图发觉自己的脸红了。他做了一个模糊的手势,仿佛要把眼前的一切都展示给她看。

"这不适合我。你已经走上了正道,哈图。只有用心才能看得清楚。我想重新开始画画。"

仿佛没有呼吸,也没有任何举动,木偶们像冻僵的军队一样待在原地。哈图不见了,女孩已经孤身一人好一阵子了。不知过了多久,木偶大军中传出一声动静,女孩听到脚步声,小王子快步走上前去。当它迈着碎步走到月影中央时,女孩着迷地注视着它,月光洒在它金色的头发上。小王子弯下腰,开始抚摸着月影,好像它能捉住这片月光一样,它就这样弯腰抚摸了一阵子。

最后,它转身看着女孩说:"沙漠很美。"

女孩立刻明白了它的意思。月光在黑暗中格外耀眼,仿佛是一望无际的沙漠。天气很热。沙砾上方空气氤氲。女孩不知道该说些什么。

"来和我一起玩吧。"小王子恳求道。

"但我体型太大了,玩不起来了。"

小王子笑得像听到了一个笑话一样。"身材高大的人挤上了特快列车,但他们不知道要去哪里。之后他们心烦意乱,原地打转。这根本不值得浪费精力。"它忽然一脸严肃地看着女孩说:"你要遵守诺言。"

"什么诺言？"女孩问道，虽然她很清楚它的意思。

"别害怕，"它摇着头说，似乎对女孩的回答感到惊讶，"你会再回到家的。"

"真的？"

女孩自然是爱她父亲的。她不明白父亲为什么总是问：你爱我吗？她想象着他现在站在他的公寓里，不知道该做什么。他一直在到处寻找他的女儿，找了很久。女孩想象他现在正在给她母亲打电话，想象着两人是如何对话的。晚上睡不着觉时，女孩经常这样做，想象着他俩长时间对话的场景。事实上，她的父亲和母亲只在对他们的女儿有不同看法时才会互相交谈。这就是为什么女孩只能一如既往地在交谈声中安稳短暂的片刻，因为争论很快就要开始了。

"别怕。"小王子重复了一遍，仿佛看穿了她的心思。然后它又发出了银铃般的笑声，女孩清楚地辨认出弗雷德在帷幕后吹奏笛子的颤音。

"我喜欢听你的笑声！"

"现在我要送个礼物给你。"

"什么样的礼物？"

"人们都能看到星星，但意义各不相同。对于旅行的人来说，向导是自己的星星。对其他人来说，星星不过是小小的光源。对于学者之类的人来说，星星是研究的对象。对我的商人来说,它们是金子。但所有这些星星都是沉默的。而你将拥有别人都没有的星星。"

"这是什么意思?"

不知为何,女孩突然很难过。小王子许诺她的东西太美好了。

"当你在晚上仰望星空时,你会觉得所有的星星都在笑,因为我住在其中一颗星星上,因为我在其中一颗星星上笑。"

小王子转过身,穿过月影,离开了。它转过身对女孩喊道:"只有你才能拥有会笑的星星!"

"请留在这里!"

但它没有再回头。它已经走到了月影边缘,木偶们为它让路,然后它消失在它们中间。一切都静止了,又回到了死寂。

女孩伤心地从连帽衫的口袋里掏出了她的手机,点开的屏幕发出了彩色的光芒。她现在很想打电话给父亲,但这台小机器只能徒劳地搜索着这里根本不存在的网络。女孩在这诡异的彩色光线中席地而坐。

"这东西可帮不上你什么忙。"

女孩吓了一跳,转过身。哈图穿着乳白色的套装,慢慢地走进月影。她抽着烟,用一只手支着另一只手。女孩看到她手腕上的银色手表,指甲油和口红与鞋子的颜色一模一样。女孩不知道她刚才去了哪里。

"这东西可帮不上你什么忙。"哈图又说了一遍。

"走过路过,不要错过:艾德卡,艾德卡!您可以在艾德卡摊位以低价购买各类食物、精品和杂货。欢迎光临2号厅143号至147号摊位。低价好物不容错过噢!"

哈图在交易会的走道上闲逛,货摊上的扩音器不间断地重复播报着。这里还有酒店和餐馆的桌子,桌上摆放着罗森塔尔的陶器、锦缎桌布和烛台。哈图一动不动地站了一会儿。肉铺展示着精心装饰过的肉类、认真摆放的香肠和熟食拼盘,每天都有人对它们重新设计和组合。面包摊上有8字形面包、圆形奶油蛋糕和最好的奥格斯堡奶油点心。欧根·米谢勒——来自奥托博伊恩最好的精品肉肠厂的香肠一根接一根挂在一起,组成了门帘。用巧克力制成的佩拉赫塔大概有两米高。孩子们拥上前去,猛拽着妈妈的手。"海之源(BIOMARIS)深海水饮用疗法非常重要,因为它作为膳食补充剂对整个机体具有有益作用。海之源富含矿物质和微量元素,其成分几乎与人体血液和体液所需成分相同。来自博尔库姆的海之源,期待您的到来。在我们的文化有声电影中,博尔库姆的博士专家和疗养医生将免费为您生动讲解。海之源深海水是一种矿物质补充食品,也是诺德奈、比苏姆和圣彼得海滨疗养胜地的官方水疗饮品，数百万瓶的海之源已被客人饮用，并取得了显著的成功。"

哈图听说弗罗尼和米歇尔在一起了，当她漫无目的地四处游荡时，无法停止去想这件事。在过去的两天里，他们一直在城市花园的秋季展览上表演广告剧，这带来了一笔可喜的额外收入。从早上9点30分开始，每半小时就表演一次。注意，注意！录音带中马克斯的声音传来：在我们的展台，您可以持续观看弗拉梅尔肥皂厂的精彩木偶戏。免费入场。展台上的时钟显示的是下一次演出开始的时间。我们期待您的光临。父亲决定买《彼得与狼》的音乐磁带，也是为他们的巡演，因为巡演时大厅里的音响效果通常很差，配音演员甚至不得不大声咆哮。沃尔特·谢勒曼最终前往瑞士，直接从制造商那里购买。

他们表演的剧很简单。随着肥皂制造商一首热门广告曲的旋律，幕布拉开，嘉士伯和塞佩尔出场了，嘉士伯唱道："我，嘉士伯，非常机智，

每个星期一我都不想工作，

格蕾特一点也不友善，

大多数时间都让人不快，

因为星期一那个女人要洗衣服。"

因为今天是洗衣日，所以没有热腾腾的午餐，这引发了嘉士伯和格蕾特之间的战争。

"真想问问我自己,为什么要娶你回家,难道是为了残羹冷炙?"

"我还要洗衣服。你根本不懂我的烦恼。"

嘉士伯想要离婚,格蕾特哭了起来。然后蓝色的去污粉出现了,歌声响起:

"你们想要的已经找到了,

艰难的时刻已经过去了。

对付各种换洗衣物,

去污粉是万能的!

所有烦恼都不见了。"

一包洗涤剂倒进了灶上的大盆中,脏衣服跳进去,出来时已干干净净。大家一齐唱道:

"有了去污粉,

一切都完美,

没人会拒绝,

小衣物统统洗干净。

所以现在的你:

快选去污粉!去污粉!"

去污粉!去污粉!哈图忘不了父亲如何用刀去砍嘉士伯的脸。她一直反对用这个嘉士伯表演,但它居然成为了木偶剧中最受欢迎的木偶。

"欢迎来到2号厅的奥格斯堡中心牛奶场的牛奶吧。

著名的奶吧调酒师阿尔弗雷德·劳舍尔和奥格斯堡的姑娘们为您提供精致的美食，并向您介绍牛奶鸡尾酒和牛奶福利普酒的调和秘诀。顾客们可以放心地适量饮用，因为牛奶在很大程度上中和了酒精的作用。"大厅里还有佩拉牌海绵、朱庇特牌厨房用具、来自齐梅茨豪森的华夫饼厂拜耶与特辛格、来自法兰肯沃尔德的营养品——薇拉牌的汤。"凭入场券可以参与抽奖噢！一等奖轻型摩托车一辆，二等奖冰箱一台，其他奖品还有：餐具盒一套、收音机一台、自行车一辆。"哈图不由得想起恩斯特·维歇特的演讲，听众们身体瘦弱，瑟瑟发抖，穿着缝补过的旧毛外套听他讲话。现在人们强壮多了。所有人都在摊位间笑容满面地挤来挤去。妇女们穿着洋气的衣服，手里牵着孩子。如果她们喜欢某样东西，便会告诉自己的丈夫。"真想问问我自己，为什么要娶你回家，"嘉士伯咆哮着，"难道是为了残羹冷炙？"

哈图不敢相信弗罗尼和米歇尔在一起了。我星期一可不洗衣服，她想，如果没有午餐我也不会哭。在下一场演出前回到舞台时，她发现父亲正在和一个她不认识的男人说话。

"您就是欧米臣小姐吧？"他微微鞠躬，想她伸出手。

"这是法伦伯格先生，"父亲解释道，"是西北德广播公司的总导演，正在挖掘有趣的电视节目。他看了你的表演,也听说了《小王子》的成功。现在他想知道木偶剧院是否愿意将木偶剧搬上电视荧幕。"

"电视?"

哈图当然听说过,广播和图像一起,像音乐一样顺着空气传来。但她还从未见过电视机。法伦伯格解释说,这也不足为奇,因为实际上还没有电视节目呢。尽管战前他们在柏林制作了电视节目,并录制和转播了奥运会,但该项目已经停止。在美国情况就大不一样了。他们各方面都超前了许多!不过现在德国也应该进行一些新的尝试了。

"到目前为止只有试运行,但今年年底就要步入正轨了。官方的启动信息计划在圣诞节那天发布。"

"您要做什么呢?"父亲怀疑地看着法伦伯格。

"一年前,我们在剧院播放了歌德的《剧场序幕》。"

"然后您录了下来,就像我们的磁带一样?"

"没有,很可惜这行不通。它在剧院里上演,同时到处转播。去年夏天,我们播了作家伦茨的侦探故事,阿尔弗雷德·席斯克担任主角。"

"席斯克,和格林德根斯一起的那个人?"

"正是他。"

"现在您怎么找上我们了呢?"

"这将是一个实验,不是吗?您也不会有什么损失的呀!为什么不和您的木偶一起来汉堡呢,欧米臣先生?"

他们一路向北，经过了漫长的旅程，终于在1月的一天穿越了整个国家，他们首先走小路前往纽伦堡——这里是太阳升起的地方。白雪覆盖着维尔茨堡周围的山丘。随后，他们到达了国道，这条国道带着他们进入高速公路，前往巴德赫尔斯菲尔德。雪越来越薄，直到消失，像逐渐变浅的阴影一样。大道上没有树木的地带散落着带有黑色细裂纹的树枝。高速公路的终点在哥廷根，现在外面正下着雨。水滴颤抖着横着划过巴士的窗户，留下亮晶晶的水渍。终于，当他们傍晚通过奇迹般幸存的易北河大桥宽阔的桥拱进入城市时，曾历经创伤的汉堡城印入了哈图的眼帘。

易北河、汉堡港口：哈图想到了英国和美国，这些名字在这里听起来无关战争，只关乎船只和海洋。当巴士找到准确的路线时，每个人都目瞪口呆。被战争洗劫的汉堡比奥格斯堡还要惨烈，整个城市就像一只火炉，数以万计的人在其中窒息、被焚烧，但所有的废墟早已荡然无存。到处都在施工，到处都是成堆的砖块和卡车以及冒着热气的焦油锅炉，焊接机在黑暗中喷出白色的光束。

他们在圣保利的一家旅馆过夜，第二天一早便出发前往西北德广播公司所在的海利根盖斯特菲尔德。这片区域之大让他们感到惊讶，尤其是那两个巨大的掩体，恐怖而阴森地占据着光秃秃的荒地，狂风裹挟着阵阵雨水漫过无数的水坑。黑色的混凝土高高堆起，令人发怵，仿佛这里都是古老的城堡或年久失修的远洋客轮。其中一个掩体上竖着天线。一个身穿深蓝色制服的门卫正在欢迎他们。片刻后，法伦伯格打开货运电梯门，迎了上去。

"演播室在顶层，"总导演解释道，"电梯坏了的话就麻烦了。"

他们忙活了半天才把表演台搬上来，一件件组装好，开始排练。整个建筑没有窗户，因此演播室在六盏战前留下的聚光灯的照射下迅速升温。穿着背心和短裤的灯光控制人员在控制台上嘲笑着汗流浃背的木偶表演师，而摄影师则冷漠地移动着宽阔的三脚架，穿过油亮的地毯。相机有四个镜头，助手们耐心地调整长长的电线。他们一般都看不到法伦伯格，只是偶尔他的指示会从楼上控制室的扬声器中传出。

最后，每个人又迅速穿上了他们的套头衫和衬衫，披上围巾和夹克，这一天，这些衣服一件件地堆在了演播室的角落里。现在他们从炎热中逃了出来，很高兴能在演出前先去旅馆休息一段时间。

晚上也是这样操作。而哈图格外想念观众席的一排排座椅和观众的低语，她简直不敢相信有人会观看他们将要表演的东西。于是，趁还有时间，她去了法伦伯格那里。当哈图走进灯光昏暗的狭小控制室时，法伦伯格很惊讶，但哈图只是朝他点点头，一言不发地环顾四周。一位女图像编辑坐在他身旁，他们面前有一张斜面桌，上面有许多滑块和显示器、一个麦克风和几个耳机。控制柜直顶天花板，一旁的墙上挂着秒表。透过一扇小窗可以俯瞰整个演播室。

哈图看着下面的摄影机，它们眼睛般的镜头一会儿就会捕捉到哈图了。同理，木偶的眼睛也不过是钉在木头上的装饰钉，但它们在表演时仍会互相注视。而当木偶的脸转向观众时，观众会觉得自己像被一个活生生的人盯着。但是摄像机的"眼睛"是由无瞳孔的玻璃制成的，黑得深不见底，仿佛在"眼睛"表面的背后什么也没有，也并不在注视着人们的眼睛——那些数以百万的观众的眼睛。哈图认为，这里只有机器是有生命的，他们在机器的热气中冒汗，在它们的耀眼光芒中站立，仿佛置身于一个诡异的实验室，生命在其中被电流吸干。木偶是木头，是色彩，是失重的优雅带着它们飞舞。而在这么一个掩体中，在将他们与世界隔开的几米厚的混凝土中，这行不通。

"看电视的是谁？"

哈图从烟盒中取出一支香烟。导演为她点上火，然后把半满的烟灰缸推向她。

"我们只播出了将近三个星期，欧米臣小姐。到目前为止，大约有五千台设备，其中大部分在饭馆和电子产品商店的橱窗里。"

"我的意思是,哪些人能看到它?"

"西北德广播公司的覆盖区域是德国北部。但明年——我敢肯定——奥格斯堡也能有电视看了。"

哈图点点头。但这不是她想知道的。"加油!"在她关上身后的门之前,法伦伯格在她身后喊道。然后他的声音从扬声器里传出来——倒计时开始。1953年1月21日晚上9点,在德国电视台首次正式开播二十天后,奥格斯堡木偶剧院开始在电视上表演。

音乐响起,剧场打开,幕布升起。哈图为《彼得与狼》雕刻了九个木偶:彼得和他的祖父、小鸟、鸭子、猫、狼和两个猎人,还有一只鹦鹉。彼得和他的祖父住在一片黑暗的森林附近。虽然祖父不许彼得这样做,但他和小鸟还是决定抓住狼,这匹狼刚刚捕食了喜欢和小鸟斗嘴的鸭子。彼得爬上一棵树,放下一根套着环的绳子,与此同时,小鸟在狼的头上盘旋,逗弄着狼,直到它气昏了头,没有注意到彼得正在收紧套在它尾巴上的环。狼被抓住了,之后被送往动物园。音乐结束了。

"同志们,我们完成了!"扩音器中传来法伦伯格的声音。

"走,我们去港口!"哈图对弗雷德轻声说。此时大家正聚集在法伦伯格周围,他正称赞着一切都很顺利,现

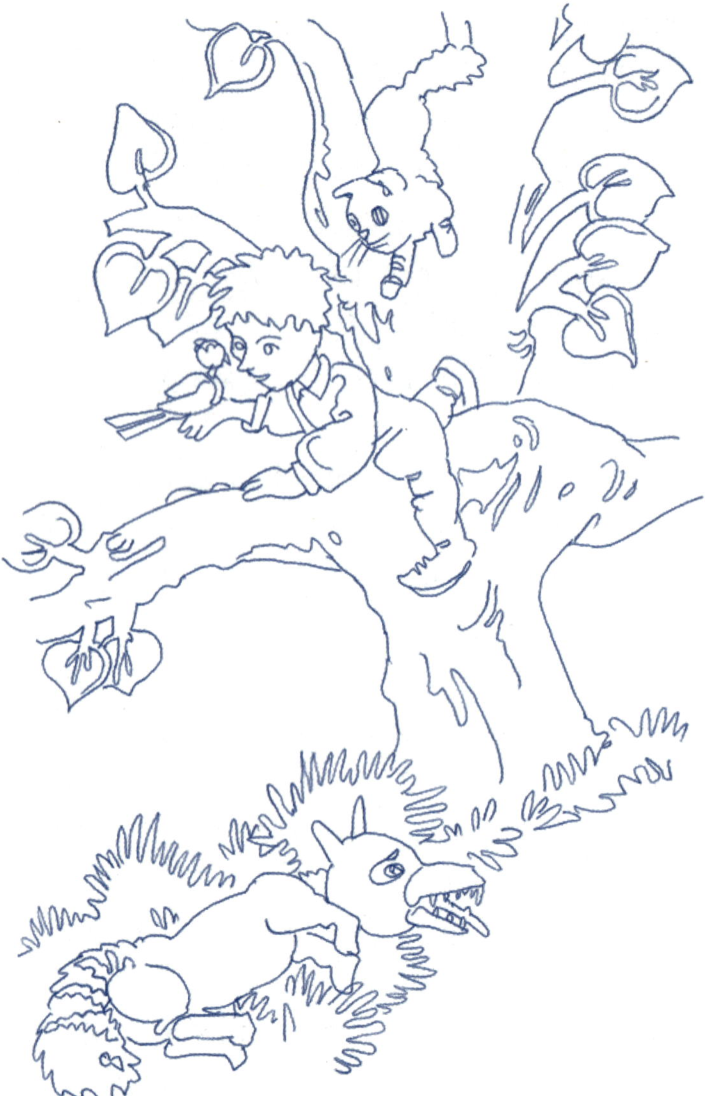

在想邀请这些奥格斯堡朋友们喝一杯。

"为什么?"弗雷德轻声回道。

"因为我们还年轻啊。"哈图有点气急败坏地说。

他们向沃尔特比了个手势,然后三个人便冲下了楼梯间。父亲在他们后面又叫嚷了些什么,哈图没听清楚,此时他们已经站在外面了。雨已经停了,他们深深地吸进夜晚凉爽的空气,急忙离开身后荒凉的海利根盖斯特菲尔德。哈图想去港口,到了下一个街角,他们向一个戴报童帽的老人问路。当他们穿过一条闪烁着五颜六色霓虹灯的繁忙街道时,两个男生解释说这是著名的娱乐区——里佩尔巴恩。人都来了汉堡,不该去参观一下吗?但哈图用力摇头,继续往前走。两个男生跟着她,谈论着表演,谈论着法伦伯格和电视,他们一边走一边聊天,狭窄的、没有灯光的街道突然在一个护栏处到了尽头,他们俯视易北河。

他们三人听到低沉的号角声,看到一艘拖船在踏浪而行。如果汉斯现在能看到这些,哈图想,看到夜幕中宽阔的河流,看到他们正下方的登陆台,那该有多好啊!以前的船都是从那里驶向外面的世界。现在,码头已经消失,只剩下接待大厅的钢架,但巨大的白字"汉堡—美国线(海滨度假服务)"还在那里。哈图听到了来自仪表塔的钟声。她看向远处,发现了旧仓库城破败的外墙,上面的窗洞空荡荡的,尖顶也破损了。从世界各地运来这里的所有东西曾经都存放在那里：茶叶和咖啡，丝绸和象牙。工人们通过旧易北河隧道去往对面的造船厂，隧道入口处光亮的瓷砖闪着明亮的绿光，直射向他们三人。

"我需要你们。"哈图说，两手分别勾住了弗雷德和沃尔特的手臂，把他俩往她身边拉了拉。

他们头顶上的月亮又低又圆。易北河对岸的起重机在夜空中显得格外醒目，黑色的水面上有一个半沉的残骸，波浪中露出的上半部船体在月光下显得格外苍白，像被捕捞的鲸鱼，一半在陆地上，旁边还有几艘潜水艇的残骸。哈图试图向两人解释她的感受。当她的父亲在战争期间开始制作木偶时，他做的都是一些非常私人的事，非常小的事，她解释说，当一切变得越来越糟时，她就在这些小事中逃避。木偶剧院实际上就像一个箱子，不与外界联系，不受他人约束。

"而现在我们正在将木偶剧院连接到一个新的网上，一个由摄像机、天线和电视机组成的网。你们知道吗？我不清楚这是不是一件好事。"

弗雷德和沃尔特惊讶地看着她。他们不知道该说些什么。

"给我一支烟，好吗？"

"喂，小弗雷德，现在不能这样了是吧！"

玛格特抓住弗雷德的腰,弗雷德笑着拒绝了这个拥抱。他笑着抗拒拥抱,但随后与她贴了贴脸,饮下了一口友谊的美酒。

又喝斯里沃维茨酒,哈图想。为汉斯和她开门的是罗西,她扶着自己挺起的肚子,发出轻微的呻吟。她已经怀孕九个月了,随时都有可能临盆。

"快解放了。"她说道,并翻了翻白眼。

罗西,家姓为奥斯特迈尔,出生于奥格斯堡的一个富裕家庭,是一个金发碧眼的美女。当她把一个艺术家带回家时,她的父母一开始并不高兴,而且还是一个身无分文的艺术家,但当她怀孕后,他们不得不结了婚,伴随着婚礼而来的还有豪斯泰特的小房子。为了举办狂欢派对,她用彩带装点了家里的客厅,并把小椅子和低矮的小桌子移到了一边,这样就可以跳舞了,就是稍微有点拥挤。他们的派对上总是少不了跳舞。

弗雷德像个小丑,他穿着宽大的白色塔夫绸长袍,戴着红色的围脖,而且,他的脸特别白,嘴唇特别红,看起来像一个美丽的小姑娘。玛格特像穿着小小童装的格蕾特一样。真是奇怪,哈图想,她与漂亮的弗雷德走得这么近,弗雷德和她却没什么共性,反而是身边的罗西和沃尔特和他更气味相投。哈图发现玛格特的男朋友在和他的弟弟卡洛说话。他打扮成汉塞尔的样子,穿着夹克和过膝长裤，和他母亲当年用旧煤袋给木偶做的裤子一样，他刻意忽略了他的女朋友正在和弗雷德调情的事实。卡洛的头上戴着一个羽毛头饰，手里拿着一张儿童玩的弓。

"哦，小弗雷德！"玛格特失望地对房子的主人叫道。他已经从她的怀抱中挣脱出来，笑着走到新来的客人面前。

"啊，小王子！"他轻轻地说，并拥抱了哈图。

他已经有点醉了。哈图对他微笑，摸了摸自己金色的短假发。

"那你就是玫瑰吧？"弗雷德笑着看着汉斯，汉斯羞涩地点点头。

"为什么扮成小丑？"哈图问道，"我们都说好了，大家一起打扮成我们的木偶。"

"我知道你不喜欢嘉士伯。"

哈图很高兴听到弗雷德这么说。她看到玛格特正独自站在窗边，而脸上的笑容消失了。

"我很抱歉！"罗西说，"首先，据我所知，你们心爱的木偶剧院里没有孕妇。其次，没有人知道我今天要不要赶往医院。我给大家拿点东西喝。"

"我们准备了土豆汤配香肠，"弗雷德解释说，看向他的妻子，后者消失在厨房里，"还有炸圈配野蔷薇果酱。"

"野蔷薇果？我喜欢。"

但弗雷德已经听不见哈图说什么了，玛格达莱娜紧紧抓住了他的胳膊。她穿着一件紧身连衣裙，低胸领口有一个金属片做的大爱心。

"你是谁？"他笑着说，"我们的哈图说今天只允许木偶入场噢。"

她把一个威尼斯面具放在脸前。"我还真说不清楚，"她嗫嚅着，"霍勒太太？"

突然，恩斯特出现在他们面前，化了一脸雪白的妆，戴着光头套，穿着黑色西装。

"你又是谁，恩斯特尔？"弗雷德也对他好奇。

"我是死神。"

每个人都惊讶地看着他，有那么一瞬间，仿佛真的有一股阴风吹过房间。哈图不由得想到，父亲从战场回来后，把骷髅架放在厨房的桌子上，让骨头发出"咔咔"的响声。真是光阴似箭。哈图突然间产生一种怪异的感觉，父母今天没有和大家在一起。母亲问道："你们这些年轻人在搞什么？"然后就没有下文了。一切都变了。他们的汉堡之行已经过去了四个星期。这期间，黑森广播公司已经联系了他们，新的计划正在制定之中。

"你还记得吗，"汉斯在她耳边轻声说，仿佛他能猜透她的想法，"我到军区医院看你们表演那次？"

"也太美好了！"哈图同样轻声说道，依偎在他身边，"我高兴得不得了。"

"你父亲做得不对,而且一错再错。他完全不信任我。"

"哎,汉斯……"他们已经频繁地讨论过这个问题。

"你是这个世界上最棒的木偶雕刻师。我不知道你是怎么做到的,但你的木偶们脑袋是活的。而我的呢?"

哈图抚摸着他的脸颊。"你这个傻瓜。"

"我爱你,哈图。'木偶剧院'就是你的生命,而我也想参与你的生命。"

她对他笑了笑。"那我们就该结婚了。"

"我知道。"

"现在什么也不要说了!"哈图恳求他,惊恐地环顾四周,看看是否有人在听他们说话。汉斯只是呲牙一笑,摇了摇头。然后他把哈图揽进他的怀里,吻了她很长时间。

"大……大家……安……安静……一下!"

托尼正站在音乐柜旁。他把自己打扮成《小王子》中的点灯人,但没有人认出他。现在他把唱针放在唱片上,音乐开始了,每个人都在拍着手,跟着唱。"收好你的泳裤,带上你的小妹/然后一起出发来到万湖/我们乘着风,骑着车穿过格吕内瓦尔德/我们很快就到达了万湖。"马克斯开始跳舞。他穿着红色的胶鞋和带褶皱袖子的宽松衬衫,脸上还画着胡须。他像穿靴子的猫一样喵喵叫,大家都笑了。玛格达莱娜和弗雷德、汉斯和哈图随后也开始跳舞,最后除了罗西,所有人都开始跳舞,罗西微笑着看着他们,也只有她听见了门铃响起。乌拉出现了,她身边还站着一个年轻人,相当高大,穿着西装,打着领带。

"你一点也没装扮哎。"哈图气喘吁吁地跟她打招呼,其他人则继续跳舞。

"而我的小妹今天长这样。"乌拉说。

这时,托尼放了一张新唱片,银铃般的钢琴声漫过整个房间,一个悲伤的女声开始唱歌。"爱我还是离开我。"这个声音唱道,哈图看向周围的人。弗雷德拥抱了他的罗西。玛格特和沃尔特终于站到了一起,他们看起来确实很像汉塞尔和格蕾特。卡洛一直坐在一张小椅子上,他的印第安人头饰已经滑落,正下意识地拨弄着他的弓弦。恩斯特尔站在玛格达莱娜旁边,目光呆滞,而玛格达莱娜正看向窗外。哈图看到汉斯头上戴着用绉纹纸做成的红色玫瑰花瓣,全神贯注地听着这首歌,她感到自己是多么爱他。

前天才送来的新电视现在已经在客厅里占据了最重要的位置,而钢琴和装有收音机的柜子则被搬走了,哈图想要抗议,随后却又神情呆滞地站在闪烁的画面之前。

"坐下,臭丫头!"乌拉坐在沙发上叫道,"我什么都看不到了!"

现在是1953年6月2日星期二。在伦敦威斯敏斯特教堂举行的英国女王加冕仪式的电视直播已于10点开始。整个世界都在同一时刻关注这件事的发生,这可是有史以来第一次。木偶剧院今天歇业,午餐也取消了。沙发桌上放着一个装着小食的盘子。哈图坐下来,咬着一个肝肠面包,眼睛没有离开屏幕。镜头扫过一排排长椅,拍到了来自世界各地的、外形颇有异域风情的国家元首——穿着长袍的苏丹,汤加女王,非洲的权贵们。记者提到了"大英帝国",哈图不禁想到了当年广播中的特别报道,想到了成队的轰炸机、前线、包围战、护航舰队。然而,她发现现在似乎所有这一切都被这些黑白图像抹去了。

"你那男朋友在纽伦堡过得怎么样?"乌拉的母亲问道。

"他有很多东西要学,毕业迫在眉睫了。"

"居然找个工程师!"

父亲点燃了一支雪茄。

姐妹俩互相看了一眼,乌拉翻了个白眼。父亲还在纠结于她现在有了一个永远不会加入木偶剧院的男朋友。

"我和黑森广播公司的乌姆盖尔特谈过了。"弗里茨·乌姆盖尔特是剧院的一位前同事,他在《彼得与狼》播出后立即打电话给父亲,邀请他以后来法兰克福录制。"我们已经为下一个播出阶段安排了一些录制。"

哈图点燃了一支烟。"这次我不和你一起去。"

"为什么呢?"

"我不喜欢电视,你知道的。"她说,不过在这一刻,她不确定是不是真的不喜欢。她看着闪烁的画面,轻声补充道:"我只想雕刻我的木偶,不想做别的。不过还是让汉斯帮一些忙吧。"

"詹宁会做的。"

"弗雷德?"她很气愤,因为父亲对汉斯仍然没有丝毫信任,"为什么汉斯不能做?"

这时,伊丽莎白出现了。她头发上戴着闪亮的头饰,身着由六位宫廷侍女抬着后襟的华丽长裙,缓缓走进威斯敏斯特教堂。

"她好年轻啊!"母亲低声说道。

哈图也是这么认为的,这么年轻,这么漂亮!仿佛童话里的人物活了过来。当伊丽莎白到达圣坛时,坎特伯雷大主教向四个方向各问了一遍所有的贵族和勋爵、伯爵和公爵、骑士和男爵,现在这位站在他们中间的年轻女子伊丽莎白,他们是否接受其为女王。随后,所有人齐声高呼了四遍:"上帝保佑伊丽莎白女王!"

伊丽莎白说出了她的誓言并亲吻了《圣经》。紧接着,男人们从不同方向拥上来,拿走了她的头饰和钻石项链以及她的裙子和后襟,把她的所有东西都摘了下来,为她换上了一件简单的白袍。现在,她终于坐到了古老的木制宝座上。"现在,"解说员说道,"女王正在涂抹圣油,这个神圣的行为是不能被拍摄的。"观众可以看到四个神职人员在宝座上用长杆支起了一个华盖,女王就这样隐匿在华盖下。观众看不到下面发生了什么,而这正是摄像机所要展示的。

经过漫长的几分钟,华盖被移开了,女王似乎没有变化。但现在她已涂抹了圣油,被赋予了王权。有人给她戴上两个手镯,实际上可能是金色的,而不是电视中黑白的;又有人给她戴上一枚戒指,当然也该是金色的;又将金球放到她手里——一根带有十字架的金权杖和一根带有鸽子的金权杖。坎特伯雷大主教将金冠高高举起,让所有人都看见,之后把它戴在了她的头上。

女王!哈图想遍了所有在木偶剧院中上演的童话故事。女王,到底是什么呢?

当一阵微风掠过湖面时,芦苇丛仿佛发出了嘶哑而低沉的耳语。随后,除了岸边的树根那里传来的微微泛起的涟漪的潺潺声外,又恢复了安静。汉斯用肘部支撑着自己,看着哈图从水中露出头。当她站在他身边时,一串串水滴落在他身上。汉斯抗议着,哈图还是坐在了他的身上。水珠在她湿润的发梢上闪闪发光。汉斯把水珠从脸上抹去。哈图吻了他,他紧紧拥抱着哈图。哈图感觉到汉斯温暖的皮肤,而汉斯感觉到的是哈图冰凉的皮肤。明天,他将前往法兰克福，在黑森广播公司担任图像编辑的工作。哈图不知道这是个什么工作，她对一切和电视相关的东西都不怎么感兴趣。重要的是，汉斯终于做了一些力所能及的事情。

"你的火车什么时候出发？"

"上午出发。"

哈图点点头，他们再次开始接吻。她闭上眼睛，感受着汉斯的抚摸。炎热的空气笼罩着湖边的小湖湾。仿佛被麻醉了一般，他们睡着了。当哈图再次醒来时，天空已经乌云密布。天气很闷热，感觉不到一丝风，也许雷阵雨要来了。哈图看着汉斯赤着脚穿起他的长裤，并系紧了皮带。

"对父亲来说，重要的始终是木偶和观众之间的心线。而在所有的摄像机和屏幕中，根本就没有这样的心线。"

"你的心线！"汉斯开心地看着她，"心线是连接心脏中的瓣膜和肌肉的肌腱。"

他把她拉起来，拂去披散在她脸上的头发。

"你爱我吗？"

"当然爱啊！"哈图说道，"为什么你总问我这个问题？"

现在已经是8月下旬了，傍晚的天空在顽强坚持的热浪中闪烁着橙色和浅蓝色的光芒。随着乌拉和哈图离电影院越来越近,马克西米利安大街上的人就越来越多。罗密的母亲玛格达·施耐德来自奥格斯堡,而新装修的影城老板居然成功邀请她俩来参加首映。报纸报道了在"三个摩尔人"酒店举行的签名会、在市政厅举行的招待会,以及拍照会。在电影院前,戴着白手套的警察控制着围观人群。哈图和乌拉对拍照感到陌生。她们从未见过电影院有如此隆重的场景,蓝色的灯光洒落在布满织物的墙壁上,男人穿着男士礼服,女人穿着晚礼服裙。她们在入口处递给她们的节目单上看到:《德国师傅》是一部适合所有热爱生活的人观看的彩色电影,讲述的是一个来自维也纳的类似轻歌剧的故事。汉斯·莫泽扮演一名理发师,保罗·霍尔比格扮演弗朗茨·约瑟夫一世,罗密·施耐德扮演年轻的斯坦齐,她去维也纳看望她的姨妈。

"汉斯在法兰克福怎么样了?"

"啊,估计很不错。"

哈图拉着姐姐的手。她很享受她们姐妹俩再次单独出行的时光。"但是爸爸很难对付,对他来说,弗雷德才是理想的女婿。"

"别担心,小妹。你会和你的汉斯一起经营好木偶剧院的,我敢肯定。正好,我还有一些事情必须告诉你。"

"什么事?"

"我马上就会是多余的了。"

"真是胡说八道!你怎么会这样想?"

"事实如此,"乌拉温柔地说,"爸爸决定的,不是我想要的。但总不能一直这样吧,哈图。让我们面对现实吧:木偶是你的生命,不是我的。我的工程师——爸爸总是这样叫他——在纽伦堡,快要分到西门子工厂的公寓了。但只有在我们结婚后才能拿到房。"

哈图激动地挥舞着双手,四周的人都看向她。"你想结婚吗?"

乌拉点点头,开心地看着自己的妹妹。

"但你别急着结婚啊!我和工程师是万事俱备了。"

哈图对她们将要面临的一切感到害怕,但又知道她的姐姐在做正确的事。没有木偶剧院的人生,才是姐姐幸福的人生。

"那我俩也结婚吧!"哈图突然说,"两对儿一起!然后汉斯和我也搬进我们自己的公寓。他一定会非常开心的。"

这时,大厅里传来一阵嘈杂声。入口处的动静让看不到的人分外着急,观众们摇头晃脑,有些人站了起来,随后,女演员们从中间的过道走下来,掌声雷动。她们的怀里都抱着大花束,穿着白色露肩蕾丝裙,罗密的母亲戴着耀眼的石榴石珠宝,罗密看起来则超乎寻常的年轻。哈图在《一个女王的少女时代》中看到过她,后来又在杂志上翻遍了关于她的一切。她才十六岁,哈图感叹,而自己已不再是个小女孩儿了。过了一会儿,灯光熄灭了,罗密·施耐德的身影回到了属于她的地方:屏幕上。

当姐妹俩从距离剧院不到一刻钟路程的赤足教堂出来时,管风琴的声音也跟着飘了出来。这是1957年2月的一个寒冷的日子,她俩都笑了,仿佛感觉不到寒冷。她们挽着自己的丈夫——现在丈夫的姓已经冠在她们的名字之前了:汉娜萝蕾·马沙尔和乌拉·多尔加斯特。任何人在这一刻看到她们都会认为她俩是双胞胎。她们留着同样的鬈发,戴着同样配着面纱的小帽子,穿着同样的稍稍打理过的、像月光一样乳白色的丝绸服装。

"这不就是您现在穿的衣服嘛!"女孩兴奋地跳了起来。但她马上又严肃了起来,睁大眼睛问道:"这是否表示您婚礼后就去世了?"

月影周围的木偶们爆发出一阵哄笑,木头发出了诡异的声响。女孩环顾四周,怔怔地看着它们。

"你怎么会这么想呢,亲爱的?"哈图笑着问。

"因为,"女孩结结巴巴地说,"因为您看起来像在婚礼后直接来了这里,来到这个阴森森的阁楼,好像您的故事在那时就结束了。"

哈图笑着摇了摇头。

"不，我没在那时去世，汉斯和我生活了很长时间。而现在我的一个儿子正经营着木偶剧院。你和你爸爸去看了他的演出，还看到了他的木偶，也许有些木偶还是我做的。你们去看了什么？"

"《穿靴子的猫》。"

"你看，这一段我刚才也告诉你了。现在的木偶仍然是我当年刻的那只，它只是换了一身新皮。"

"我喜欢它。"

"但你不是说木偶剧院不适合你吗？你说你不再是个孩子了。"

女孩不确定地看着哈图。她已经不知道自己是怎么想的了，信息量太大了。

"现在你还这么认为吗？"哈图坚持问道。

"什么？"

"你不再是个孩子了。"

"我不知道，"女孩轻声说，脑海中翻腾起所有的一幕幕，"也许这根本就不重要。"

"是的，或许真的是这样，"哈图温柔地说，"对了，你对我这衣服产生这个想法也不是完全没有道理。我想告诉你的故事其实已经快结束了，只是还有一部分没说。"

"嘉士伯怎么了？"

"你还是执着于它，是吗？我实际上是想说一些别的。"

"是什么呢？"

"是我的故事，姑娘！"李丝公主说。

弗罗尼带来了一份礼物，一个用绵纸包着的小包裹。哈图把浅蓝色的婴儿帽贴在自己的脸颊上。

"好软啊！太感谢了。你能来真是太好了，弗罗尼！"

弗罗尼迟疑地笑了笑。"快让我瞧瞧！"

哈图拉着她朋友的手，穿过客厅来到儿童房。弗罗尼在小床前弯下了腰，哈图看着她。哈图的儿子已经八周大了。他的双手紧紧握成小拳头，放在脸旁。有时他在睡梦中咂嘴，仿佛是在梦中喝着什么。过了一会儿，哈图小心翼翼地把儿童房的门重新关上。这间公寓的窗户不是面向赤足大街的，而是面向后院，下午的时候非常安静。屋内的陈设都很现代，地上铺了油毡，厨房有递菜窗，客厅里的扶手椅是细腿的，墙上钉着的是一个由丝状金属条制成的架子，而不是书柜。

"真是个好地方。"弗罗尼说道，然后坐了下来。

哈图给她倒了咖啡。早上她烤了一个蛋糕，她们每人默默地吃了一块。

"生孩子辛苦吗？"

哈图摇了摇头。"不，一点也不。他们给我打了一针。"

"这个小家伙叫什么名字？"

"于尔根。"

哈图对她的朋友完全从她的生活中消失感到非常遗憾。"你还在弹钢琴吗？"

"钢琴和房子一起烧光了。"

"我还记得你的手指在学校的课桌上飞来飞去的样子，好像桌上有琴键一样。每次被'榆木白痴'看到，他总是大喊大叫！"

"'榆木白痴'！"弗罗尼笑着摇了摇头。

哈图看着她噘起的嘴唇，和小时候一样有点干裂。哈图总是羡慕她的朋友有一张漂亮的嘴，而现在她们已经是大人了。

"米歇尔怎么样了？"

"挺好的，有时他甚至能卖出一幅画。"

"穿着水手毛衣的米歇尔！"哈图笑了。

弗罗尼好奇地看着她。

"你爱过他，是吗？"

哈图腼腆地点点头，给弗罗尼的咖啡续杯，并点燃一支烟。

"他的跛脚，"哈图几乎是自言自语道，"有关他木脚的事，真是稀奇。"

"这有什么稀奇的?"

哈图被她朋友激动的语气吓了一跳,并为自己的鲁莽感到抱歉。但随后弗罗尼笑了。

"你还记得我们那时候骑自行车去阿默湖吗?"

哈图当然记得。那是 1942 年 8 月的一天,非常炎热。她们躺在岸边,湖水轻柔地拍打着鹅卵石。哈图记得她们瘦削的膝盖和细腿,记得冰凉的水清澈见底,记得小鱼游向深处,记得时间仿佛停止了一般。

"你呢?"哈图温柔地问她的朋友,"你在做什么?"

弗罗尼只是摇了摇头,哈图觉得自己好像又说错了话。

"你看过《夜与雾》这部法国电影吗?"过了一会儿,弗罗尼问道。

"没看过。有趣吗?"

"有趣?"弗罗尼失望地看着哈图,"这电影的主题可是集中营。"她噘起的嘴唇闪过一丝苦笑。"另外,音乐是汉斯·艾斯勒写的。"

"布莱希特的朋友?父亲正在考虑我们要不要演《三便士歌剧》。"

"是的,我们伟大的城市之子,他宁愿生活在东柏林。"

弗罗尼似乎想了一会儿该怎么说,然后猛地打了个激灵。"反正电影里能看到一个在波兰的集中营,看到这个营地今天是什么样子。还有长在轨道之间的野草，曾经通电的生锈的铁丝网，禁闭室破裂的混凝土墙。片子里还放了苏联人1945年到达那里时拍摄的电影片段。"

"一定很可怕。"

"还能看到成堆的鞋子和眼镜，但最恐怖的还是头发。"

"头发？"

"死人的头发堆积如山，活着的人用它们来做毛毯。"

"弗罗尼！"

"还能听到一位法国作家的声音，讲述那里的情况，每一天的情况。"弗罗尼失望地看着哈图。"我一直都在想着弗里德曼夫人。"

哈图不愿去想弗里德曼夫人，但这一刻回忆不由自主地跳了出来。她想起了在哈尔大街的房子里，门上挂着用纸板做的犹太星；想起了那佝偻的老者，目光像要洞穿她；想起了那里的歌声；想起了弗里德曼夫人是如何突然站在她们面前的，以及两个女孩穿着德国少女联盟的制服。哈图不愿意想起这些。

"不过，"哈图说道，"你父母去世那年的轰炸，那也相当可怕。"

弗罗尼一动不动地看着哈图，她刚才说的话像回声一样在寂静中回荡。"那也相当可怕，那也相当可怕。"为了缓解尴尬，哈图站起来，又点了一支烟，然后走到窗前，打开窗户向外看。她感觉到弗罗尼的目光注视着她的背影，她们的友谊在这一刻已经结束了，或者说已经结束很久了。她听到弗罗尼清了清嗓子。

"汉斯怎么样了？"

哈图开始滔滔不绝。她说到了汉斯在黑森广播公司的培训，以及他们如何得到这套公寓；说到了乌拉现在住在纽伦堡，她的丈夫是西门子的工程师；说到了当她怀孕时，汉斯和她是多么高兴，以及于尔根带来了怎样的幸福。

弗罗尼不动声色地听着。当哈图说完后，弗罗尼说："来吧，在我走之前再让我看看这个小家伙。"

当她们一起站在小床边时，哈图感到很不自在。弗罗尼在熟睡的孩子身旁弯下腰来，看了他很久。

"木偶剧院呢？"她问道，眼睛没有离开小家伙。

"木偶剧院？"

弗罗尼抬起头，认真地看着哈图。"幸亏当时我们拥有它，在战争年代。"

"可不是嘛！如今也一样呢！我自己雕刻木偶，每天都在演出。"

弗罗尼只是点点头，没有说话。

"是的，这是个奇怪的故事。我们亲爱的国王，他有三个女孩儿，也就是三个公主。他非常喜欢她们，但在过去的三个月中，她们仨一直让国王非常担心。因为到了晚上，当每个正经人都在睡觉的时候，她们就会去跳舞。没有人知道她们去哪里，和谁跳舞。从来没有人发现。但到了早上，鞋就被跳破了。"

哈图、玛格特和罗米·尼布勒在表演台上快速看了看对方。嘉士伯刚下场，国王就上场了，然后英俊的巴尔杜因、胖子伊格纳茨和一直醉醺醺的奥古斯特王子登场。木偶在舞台上飞来飞去，聚光灯的热度也上升了，他们三人不断用肘部擦拭额头，以免汗水滴落到舞台上。此时，公主艾柯莱亚、达莉亚和菲妮亚登场了，他们目不斜视，默契地传递着木偶，随后，马和驴也登场了。

录像带马不停蹄地运转着，紧锣密鼓的录制让木偶表演师仿佛带着木偶表演芭蕾。舞台上发生的一切仿佛无限遥远，却又非常近。哈图短暂地直起身子，让她疼痛的背部放松片刻，她对罗米笑了笑。再一次，嘉士伯出场了。最后，公主们坐在了花园里的秋千上。结束后，哈图看了一眼木偶，它们又再一次一动不动地被悬挂起来，目光呆滞，除了木头、布和颜料，其他什么都没有，好像刚才栩栩如生的并不是它们。

观众在笑声中离开了，剧场安静了下来。只能听到啤酒花园的椅子传来一阵"咔哒"声，它们刚被临时充当观众席，现在又被整齐地放回原位，就像戏服管理员叮叮当当地整理衣架一样。演出结束后，哈图的父母立即离开，他们最近经常这样，父亲向他们一行人挥手致意，母亲则挽着父亲的胳膊。哈图坐到了第一排。她已经打开了通往医院街的窗户，清新的晚风吹了进来。弗雷德拿了几瓶啤酒坐在哈图身边，罗米、玛格特、马克斯、沃尔特，还有汉斯也从舞台后面走出来。他们边喝边聊了好一阵，和往常一样在表演的兴奋感平息后才回家。舞台上的工作人员就不同了，他们马上就会恢复如常。哈图看了看小马克斯，他本想成为一名真正的演员，这就是为什么他一杯接一杯地喝，而不再愿意控制木偶。他一如既往地耍宝，和内向的罗米攀谈着。

"我想给你们看看这个。"弗雷德突然说道。大家都好奇地看向他正在传阅的书。封面上写着《小纽扣吉姆和火车司机卢卡斯》，旁边是两个彩色的头，一大一小，笑容灿烂，眼神明亮。

"黑森广播公司的毛尔斯伯格给我的。"

"这个米夏埃尔·恩德又是谁？"

沃尔特好奇地翻阅着这本书。

"一位来自慕尼黑的年轻作家，毛尔斯伯格知道的也不多。"

"这书是讲什么的？"哈图好奇地问。

"是啊，讲什么的呢？"弗雷德思考了一会儿。

"这是一个童话故事，但又不是童话故事。这本书说的是一个打着包被的婴儿被意外放在了小小的卢默尔岛上。这个岛上只有四个人居住：一个是十一点三刻国王阿尔方斯，他总是在打电话；还有一个叫艾梅尔的摄影师，他整天走来走去，因为他是最主要的臣民和被统治的人。"

"挺有意思的。"沃尔特说。

"然后第三个人是火车司机卢卡斯，他总是开着他的火车头艾玛在岛上转圈。最后一个人是店主瓦斯太太。"

"那故事是怎样的呢？"玛格特想知道。

"故事开始先说了这个婴儿皮肤黑，这正是大家决定把婴儿交给火车司机卢卡斯照顾的原因，反正烟尘也是黑色的嘛。婴儿被取名为小纽扣吉姆。当吉姆长大后，卢卡斯和他带着火车头离开了小岛，飘洋过海来到中国，在那里他们见到了皇帝，并得知他的女儿李丝公主被绑架了。"

"故事终于展开了！"玛格特开心地说。

"但这是一个奇怪的故事。吉姆和卢卡斯两人赶往公主被囚禁的龙城。在路上，他们遇到了假巨人图尔·图尔和半吊子龙尼珀姆克。"

"什么是假巨人？"

"就是只在远处看起来才像巨人，越靠近他就越小。"

"这真是个有趣的想法！用木偶也可以很好地表现出来。"哈图说，"不过半吊子龙是什么？听起来和半吊子犹太人差不多。"

弗雷德点点头。

"就是这个意思。小尼珀姆克确实只有一半是龙，它的母亲是河马，这就是为什么它被驱逐出了龙城。但它并不觉得不公；相反，它为此感到羞愧，而且一直强调它的父亲是一条真正的龙。不过这确实有用。尼珀姆克向我们的英雄们展示了龙城的隐藏入口，上面挂着一个警告牌：'非纯种龙禁止进入，否则将被处死。'"

哈图摇了摇头。"这不是给孩子们看的！"

"故事的结局是好的吗？"玛格特问道。

"是的，卢卡斯和吉姆解救了公主，被囚禁的马尔察恩龙，变成了智慧金龙。"

"恶龙没有死？"沃尔特不解其意。

"是的，很奇怪，不是吗？没有屠龙者，没有西格弗里德！最后，龙感谢了吉姆和卢卡斯。"

弗雷德打开书，读道："任何能战胜龙而不是杀死它的人都能帮助它转变。你得知道，没有一个坏人是开心的。而我们龙之所以显得坏，是需要有人来打败我们。但不幸的是，我们通常直接就被杀死了。"

"再教育。"汉斯说，大家都笑了。

哈图拿起书，翻到第一页。"火车司机卢卡斯居住的国家叫卢默尔，它非常非常小。尤其与德国、非洲或中国等其他地方相比，它显得格外小。它大约是我们公寓面积的两倍，主要由一座山组成，这座山有两个山峰，一个很高，一个稍低。"

"毛尔斯伯格建议将小说做成一个多部曲系列，"弗雷德解释道，"做成周播剧。"

"这可前所未有，"汉斯说，"在电视上连载故事！"

弗雷德点点头。"另外，毛尔斯伯格他们说不想要拍摄成戏剧，他们想要真正的故事片。"

"那就由我们来做吧！"汉斯兴奋地说，"我们这里什么都有：工作室，木偶。我们正在建立一个完整的系统，黑森广播公司的人应该来找我们，最好是在暑假期间，我们那时候正好不需要表演。"

哈图放下了书。这是个好主意！她用骄傲的眼神看着汉斯。但这个故事是为木偶剧院准备的吗？童话故事中没有种族歧视。当这个可怕的词出现在她的脑海中时，她不由得再次想到与弗罗尼在一起的那个下午，以及这位朋友告诉哈图的电影，生锈的铁丝网和堆积如山的人的头发。在那之后，她们再也没有联系过，两年过去都没联系过。哈图感到自己非常想念她，并突然意识到，自战争以来，她们的渴望都是如此的强烈，却不知道在渴望什么。而

《小纽扣吉姆》可能与这种渴望有关,因为其他任何故事都比不上小尼珀姆克和小吉姆表达的这种渴望,即对家的渴望。哈图第一次明白过来,木偶剧院也是一个类似家的东西,他们所有人都在渴望、在寻找,并找到了它,就像小纽扣吉姆渴望着卢默尔岛一样。

"我认为,"她说道,"我们确实该做这个,而且就按照汉斯建议的方式来做吧。"

彼得·弗兰肯菲尔德像往常一样穿着他的大格子黑白外套。镜头扫过大厅里的观众,他们正全神贯注地听着场上竞猜者的提问和回答。根据他们的猜测运气,他们可以在巨大的板子上用线将点连起来,但目前还看不到有哪位知名人士的面孔浮现出来。哈图点了一支烟,她想去接于尔根。自从她父母在剧院的时间越来越少,当她有演出时,儿子就和外公外婆待在一起。哈图不喜欢这个节目。

"你想喝点什么吗?估计妈妈马上就会带着小家伙过来了。"

父亲没有看到她在摇头。父亲老了,哈图想,看着坐在扶手椅上的他。他不像弗兰肯菲尔德那样的人,能从这些人身上看到战争的影子,也许这就是哈图从孩童时代便深爱自己父亲的原因:他没有陷入战争中。之后的一切都应运而生——木偶剧院和哈图的整个人生。她坐在了父亲旁边。

"西奥在做什么？"她问道。

她在楼梯上遇到了克拉泽尔特夫妇，不由得再次想起防空洞里的那些夜晚，以及那个战时的夏天，西奥突然穿着希特勒青年军的制服站在她面前。父亲只是耸了耸肩。

"爸爸？"

"你也去喝杯啤酒吧，孩子！"

他目不转睛，看着屏幕上一个问题接一个问题、一笔接一笔地将点连成了一张脸。其中一个人几乎能被认出来了，哈图感觉答案呼之欲出，却叫不出他的名字。

"还记得弗里德曼夫人吗？"

"当然！"父亲回答道，没有将视线转向她。观众对弗兰肯菲尔德爆发的金句拍手叫好。"当时，你和你的小伙伴一起去找那个可怜的老夫人，当你从犹太人的房子那里回来后，情绪激动得可怕。你妈和我担心你在学校会说错话，那会儿你们不是有个老师嘛。"

"'榆木白痴'。"

"你们这样称呼他？"父亲忍不住笑了起来，终于把脸转向了哈图，而且马上又变得严肃起来，"我们那时候不得不万分小心。毕竟，我在剧院里演的戏实际上是被禁止的。这并不是没有危险。"

"你们知道犹太人的事吗？"

"马克斯·施梅林！"一位竞猜者举起手臂喊道。大厅里传来欢呼声，弗兰肯菲尔德对着镜头咧嘴一笑。父亲站了起来，关掉了电视。

"实际上我们什么都不知道，"他在寂静中缓缓说道，"也不想知道。"

他们从未谈论过这个问题。现在他们第一次谈起，哈图感觉这些话像沉重的淤泥一样粘在她的鞋子上。她不知道该说什么，只能握住父亲的手，抚摸着它。

"有新消息了。毛尔斯伯格他们给弗雷德寄来了一本小说，并问我们要不要做，我们想做起来。"

"我们是谁？"父亲急促地问。

"汉斯、弗雷德、玛格特还有我。"

父亲点点头。"那这本小说是关于什么的？"

"关于一个叫小纽扣吉姆的男孩，他经历了一次疯狂的冒险，并拯救了一位公主。故事里有龙，有拟人的火车头，还有中国人。这是一个童话，但又不是童话。"

"一个不是童话的童话？"

"这有点像《小王子》，人们不知道它是一本给儿童看的书还是给成年人看的书。而当我在读它的时候，我突然觉得根本就不该划分给儿童或成年人的故事。"

她从手提包里拿出米夏埃尔·恩德的小说，交给父亲。当他翻阅时，哈图向他说起了黑森广播公司的建议——这次不是拍摄戏剧，而是拍摄一部真正的电影，以及汉斯的想法，即在奥格斯堡这里拍摄，把剧院门厅改建一下。父亲放下书，认真听她说话。哈图等着父亲反驳她的想法，因为这些想法与木偶剧院以前所做的任何事情都截然不同。然而并没有，他俩甚至很快就开始讨论要大改特改的舞台布景，讨论摄像机的不同视角，讨论如何对表演台进行必要的改造。

"我尤为担忧的是，"哈图突然说，"我们如何表现大海？"

"大海？"

"是啊，海浪。毕竟这个岛在大海中央。"

父亲若有所思地看着她，他一直热衷于解决技术性问题。

"我们干脆用一层薄薄的透明膜，"他说道，眼睛里闪着光，"将透明膜透出蓝色的微光，当然电视上不能看见光源，我们从下面照亮透明膜。当然，透明膜也要起起伏伏，就像波浪一样，这个可以用鼓风机来完成。"

哈图想象着画面将是多么的美丽。她高兴地看着父亲，他现在看起来一点都不苍老，而像她从小看到的一样，对戏剧充满热情。哈图高兴坏了，甚至没有注意到快乐是如何从父亲的目光中再次消失的。

"有件事，我终于要告诉你了。"他说。

"什么事？"

"关于你的嘉士伯。"

"我的嘉士伯？"

哈图感到自己的心脏跳到了嗓子眼儿。

"是的，当我还是战俘的时候，有个战友教我如何雕刻木偶。"

哈图点点头。"你跟我们经常说起这件事。我还记得你是如何带着仙鹤和死神回家的。"

"但我从来没有告诉过你，这个战友根本就不是木雕师。"

"那他是做什么的？"

"他是前线的木偶表演师。人们把他派到各地去取悦士兵，到法国，到苏联，甚至到克里特岛，他就这么幸存了下来。他在营地里还有一些木偶，他用这些木偶和我们打发时间。也许这就是为什么美国人没有把木偶从他身边带走，谁知道呢？你要知道，帝国木偶剧研究所当时拿出了一组德国国防军标准木偶，这个人手里就有这些木偶。在这些木偶中，有一个金发碧眼的小家伙，它笑得很灿烂，士兵帽下有一双蓝色的眼睛，可以说是国防军版的嘉士伯。我选择它作为模型，在军营里学习如何雕刻。"

"然后呢？"哈图不明白父亲想告诉她什么。

"是这样的。当你在儿童疏散中心雕刻人生中的第一个木偶时，它也是一个嘉士伯。你把它给我看是因为你非常害怕它，还记得吗？"

"当然！因为它看起来很邪恶。"

"它并不邪恶。它只是有一个鹰钩鼻和一张隆起的、咧着笑的嘴。"

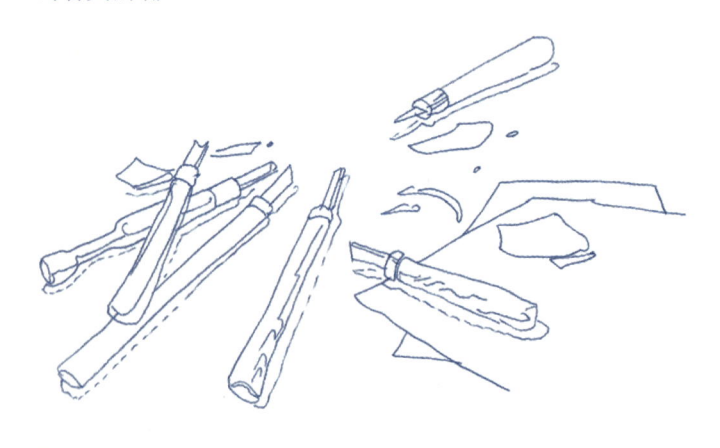

哈图盯着父亲，花了好一会儿工夫才意识到他在说什么。然后她猛烈地摇了摇头。与此同时，她终于惊恐地明白了自己当时做了什么，以及为什么这些年来她一直如此害怕这个木偶。

"不管怎么说，"父亲温和地说，"我当时用在国防军标准木偶身上练习的方法修改了你的嘉士伯。真的奏效了，你不再害怕了。"

"我并不是真的不怕了！"

"这就是秘密?"

"是的,这就是秘密。"

"但我没有理解。"

"没有生活在那时,估计很难理解吧。"

"请您跟我解释一下吧!您对我说,嘉士伯不能使用苹果手机,因为它会用手机毁了一切,这是骗我的,对吧?"

"是的,亲爱的,那是骗你的。"

"那真相是什么?"

"真相是什么?还是个孩子的我很害怕嘉士伯,尽管是我亲手雕刻了它。虽然我父亲后来修改了它的脸,但奇怪的是,这种恐惧没有消失。后来,当我父亲终于和我谈起这件事时,我才明白我当年做了什么。当嘉士伯出现在阁楼上时,它和我小时候刻的一模一样,我非常尴尬,于是把它驱逐到了黑暗中。谁都不能看到它!"

"是什么让您如此尴尬?"

哈图深吸了一口气。她严肃而悲伤地看着这个女孩。

"我尴尬的是,我小时候雕刻的一张脸和纳粹到处展示的犹太人的可怕照片一模一样,而我害怕这样一个扭曲的形象。这意味着我比纳粹好不到哪儿去,你明白了吗?"

女孩不太理解哈图在说什么,但她明白哈图现在已经履行了她的承诺：嘉士伯的故事已经讲完了。阁楼上是多么安静啊！木偶们在月影的边缘一动不动地待着，没有谁动弹一下。哈图坐在它们中间，抽着烟，沉默不语，跪在她身边的李丝公主一直低着头。

"这段时间我一直在想你为什么会在这里，"哈图轻声说，在小小的银制烟灰缸里掐灭了她的烟，"现在我知道了。"

女孩点了点头。

"你得赶紧离开了。"

"我知道。"

多么奇怪啊，一开始她非常想离开这个阴森恐怖的地方，这里没有白天和黑夜，只有不变的黑暗和月亮照进来不变的光，后来她却沉浸在哈图给她讲的故事里，无法顾及自己身在别处。而现在呢？我不是一个木偶，女孩想。但她现在理解了心线。她还想到了她的父亲，期待着再次见到他。她一言不发地站起身来，走到月影的边缘。木偶们默默地为她腾出了空间。她站在那里很长时间，凝视着黑暗。

哈图在宽阔的国王广场上四下看了一圈，这里与奥格斯堡的国王广场看起来如此不同，轻薄的裙子被风吹起，在她的腿上舞动。这里有文物博物馆和古典珍品博物馆，还有普罗皮来门，哈图穿过门，沿着老绘画陈列馆往前走。到了伊丽莎白广场，在战争中幸存的老树下有个市场，她在那儿吃了一个肝饼汉堡。她决定从中央火车站步行到米夏埃尔·恩德在信中提到的施瓦宾的地址，尽管这对于怀孕八个月的她来说有点辛苦。父亲摄影包的带子挂在她的肩上，为这次拜访提供了借口。她曾写信给恩德，说他们无论如何需要一张照片，她不怎么会拍照，但想让他看看她的木偶。

作家建议她下午五点左右来。他写道：不好意思，之前的时间都不行，因为我有夜间工作的习惯。她准时站在艾因米勒大街上指定的门牌号前，擦拭着上唇的汗水。它是这里现存的美丽的新艺术派房屋之一，紧挨着基本上已经修复的遗址，在入口处和楼梯间有豪华的装饰。恩德在公寓门口等着她。他带着哈图通过非常宽敞的老公寓走廊，脚步急促得让人摸不着头脑，木地板在他们的脚下吱嘎作响。她从一扇半开的双扇门中瞥见了客厅，她似乎看到有人正坐在窗边的扶手椅上，但随后他们进入了长长的走廊末端的厨房餐厅，他关上了门。

也许是厨房这个地点颇为怪异，哈图过了一会让才注意到恩德穿着灰色的三件套，配着非常时髦的黑领带和白衬衫。他浓密的黑发抹上了润发油，亮晶晶的。她了解到，他的父亲是一位著名的艺术家，画的是超现实主义的画。厨房的桌子上放着咖啡壶和一篮子面包、果酱、冷肉拼盘、黄油。他从橱柜里拿出杯子和盘子给她,两人坐了下来。

"不介意吧?"他问道,透过包裹着牛角框的镜片看着她,伸手去拿烟灰缸里的烟斗。

此刻,哈图感觉到他和她姐姐一样大。

"这里面是你的相机吗?"

他用烟嘴指了指她的包。

"还有别的。我还带了一些东西,想给您看看。"

为方便向他展示,哈图特意给小纽扣吉姆配上了短线,木偶在桌上的盘子间跌跌撞撞地小跑起来。恩德惊讶地跳了起来,一边笑着,一边好像害怕似的躲开这个木偶。哈图可以理解,木偶难以描述的灵活性确实会让人有些毛骨悚然。她让吉姆跳起了舞,最后向它的作者鞠了躬。

"您喜欢吗?"

他只是点了点头,向吉姆伸出食指,哈图让木偶与作家握手。

"我小时候也和我父亲一起雕刻过木偶头,"他说道,眼睛没有离开木偶,"您一定要去西西里岛,去巴勒莫,那里的木偶剧院是无法形容的。到处都有街头艺人演唱关于骑士、少女、喷火龙的歌曲。我还在那里遇到了故事歌手,他们以表演的方式讲故事,大家都围在他们身边。人们需要童话。"

"但童话到底是什么?"

"一个人许了个愿,它实现了。这就是一个童话。或者一个人被诅咒了,需要寻找解药,为此他在世界各地找到了帮手,动物、太阳、小矮人。童话故事说,没有什么是不了了之的,没有什么是宿命论的。"

哈图笑了起来。她完全明白他在说什么,他说出了她表达不出的东西。

"《汉塞尔和格蕾特》是我们还是孩子时做的第一部木偶剧,我的姐姐、我的朋友和我一起做的。我总是致力于保持一切东西的真实性,残忍的父母、森林、饥饿、女巫的炉子,同时它们也很有象征意义,但我没法说出这个故事实际上象征着什么。"

"我以前接触过一名苏联木偶表演师,他曾经在集中营里待过。他告诉我,他曾经用小小的土豆面团残渣制作手指大小的木偶,当周围没有警卫时,他经常在孩子们面前表演童话,逗得孩子们哈哈大笑。但他也在孩子们面前表演了他们的命运,甚至他们的死亡。后来,成年囚犯也前来观看。他告诉我,他经常会在囚犯处决的前一晚演绎他们的命运。他们不得不死,但这样能让他们以不一样的状态赴死,更加平静,有些甚至感到安慰。"

哈图一动不动地看着作家。听了这个可怕的故事,她不由得想到很多事情,她觉得他俩好像在延续着一场很久以前就开始的对话。

"自从战争打响以来,每个人都在努力拯救理智。"他摇了摇头,"而我感兴趣的是其他。您不要误会我的意思,我说的不是纳粹给我们灌输的那些神话。这些神话总是关乎命运和罪恶,尼伯龙根是这样,俄狄浦斯也是这样。然而,在童话中,没有不可消除的罪恶。在童话中也没有历史,童话里永远只有当下。"

当哈图听到走廊里的脚步声和清嗓子的声音时,哈图才注意到作家说话的声音是多么小。她疑惑地看着他。

"是我的母亲。"

他腼腆地笑了笑,然后继续说话。"我只是拒绝成为世人所说的真正的成年人,成为那些所谓祛魅的、平庸的、开明的残疾人,生活在这个所谓事实存在的祛魅的、平庸的、开明的世界上。您知道的:每个人的身体里都住着一个孩子,无论我们的实际年龄是九岁还是九十岁。而那个孩子,如此敏感,容易动摇,受苦受难,渴望安慰,又保持着希望,直到我们生命的最后一天,这个孩子都在发挥作用。"

哈图被他的话所感动,但她不知道该怎么回应。因此她很庆幸走廊里的嘈杂声——微弱的、踢踢踏踏的脚步声并没有停止。显然，作家的母亲并没有进门的想法，但那些声音，时而轻，时而响，并没有停止，终于，当外面的门传来清晰的上锁的声音后，恩德跳了起来，抓起了他的烟斗。

"走，您跟我去我的书房吧！那里拍照也比较方便。"

哈图赶忙把木偶放回她的包里，如临大敌一般迅速跟着他穿过走廊来到他的房间。这里面有一些幼稚的东西，哈图简直无法将这些东西和他们刚刚谈论的内容结合起来。于是，哈图的唯一选择是拍照。恩德在书架前的一张沙发椅上坐了下来，手中拿着他摊开的小说，哈图将小纽扣吉姆放在他的膝盖上，这样看起来仿佛是它在盯着印着自己名字的那本书。恩德非常喜欢这个想法，以至于当哈图按下快门时，他叼着烟斗的嘴角满意地对着镜头扬了起来。然后他们不知道还能做些什么，过了一会儿他们就说了再见。

"您的故事如何结束？"她匆忙问道，"我听说还会有第二卷。"

恩德笑着说："最后，小纽扣吉姆和李丝公主当然会结婚啦。"

"那读者会不会知道吉姆来自哪里？"

"是的，这个谜团也将被解开！吉姆实际上是一位王子，是东方三博士之一的嘉士伯的后代。"

"木偶嘉士伯?"哈图脱口而出。

当她看到米夏埃尔·恩德不解的表情时,忍不住笑出声来,并迅速与作家告别了。在去火车站的一路上她都在想她的第一个木偶,银色纸板制成的皇冠,涂成黑色的木制的头,毛线做成的鬈发,并为小纽扣吉姆成为她远方的"孙子"而开心不已。

"请您再让我飞一次吧!"

哈图移动到女孩上方,伸出双手,掌心向下,张开手指,女孩感觉自己的身体开始失重,她的胳膊、腿、头变得像羽毛一样轻盈,四肢像是被线系住了一样。然后,木偶表演师将她的手抬高,女孩便在空中飞舞了起来,心脏因激动和快乐而怦怦直跳。这一次,她没有再想过要当一个舞者,而是一直低头看着月影,在女孩的眼中,月影突然像夜色中海上的一座小岛。下面有李丝公主,还有小王子、小纽扣吉姆、乌梅尔以及小国王卡勒·维尔士,它们用图钉做的眼睛闪着亮光,一直盯着女孩飞舞。她在这里所经历的一切再一次在女孩眼前闪过,对她来说,似乎是这里的故事让她飞舞了起来。

这是一个炎热的六月的夜晚。哈图站在剧院前,看着天空慢慢变黑。红门已经沉入暮色,医院街的灯光渐渐亮了起来。黑森广播公司的人明天就要来了，后天就要开始录音了，今天她还能自由使用剧院一晚上。她看着燕子在屋子上方飞舞回旋，用手抚摸着自己的腹部。现在还不是时候哦！当婴儿踢她时，她恳求地对宝宝默念道。

在门厅的柱子和拱门中间放着由管状钢架搭成的移动舞台，舞台带有两个表演台，搭成一个方形，没有箱盖、幕布和道具车，因为现在不需要这些东西了。取而代之的是，整个空间都为木偶剧所用，现在正沐浴在暮色之中，哈图没有看向这个空间。直到进入工作室，她才打开了灯。那里挂着她在过去几个月里雕刻的所有木偶形象：艾梅尔先生、瓦斯太太、十一点三刻国王阿尔方斯、火车司机卢卡斯、邮递员、婴儿时期和长大后的小纽扣吉姆、看门人、乒乓、高官皮帕波、曼达拉皇帝、六个中国人、野蛮十三号的队长和他带领的四个海盗、假巨人图尔·图尔和半吊子龙尼珀姆克、两个龙卫、马尔察恩夫人、来自龙校的一个印第安人和一个爱斯基摩男孩，当然还有李丝公主。

哈图试图让它们看起来像儿童画的那样。她在雕刻时一次又一次地给她年幼的儿子看这些木偶头，并注意他喜欢什么。现在这些木偶看起来就像奇怪的圣徒形象一样，比如李丝公主有着饱满的脸颊、草莓红的嘴唇。"过去即是现在，现在即是过去"，木雕大师柯尼斯伯格曾这样说过。哈图久久地看着摆放着锯子、刀和其他雕刻用具的工作台，再次想到了施万高的另一个工作室，木材、碎屑和蜘蛛网的味道再次涌上她的鼻尖，困扰了她许久的嘉士伯的脸再次浮现在她的面前。她仿佛看见了那时哭泣的姐姐，以及雪地里熊熊燃烧的火焰；仿佛又听到了那时的歌声。

她小心翼翼地把李丝公主从钩子上拿下来，放在她面前的工作台上，认真地注视着它的小辫子和绿、金色相间的长袍，注视着它斜视的眼睛和红润的笑脸。她感觉到吉姆已经爱上了它。她只想做一点小小的改变，之前她已经用铅铸好了它的小脚，现在她把脚安了上去。鞋子的咔哒声是舞台上木偶自己发出的唯一声音，哈图觉得，李丝也应该用鞋子发出优雅的咔哒声！

她刚完工，就听到门厅那儿有声音，于是把公主挂了回去。汉斯打开了聚光灯，于尔根睁着大眼睛站在舞台前，木偶剧的用材一览无遗。之前，当他们刚开始排练时，一时不知道该怎么演，因为没有了序幕和远近景的构造来引导观众的视线，也就是没有了前景和背景的提示。这不再是在箱子里表演的木偶戏了，而是几近真实的世界。汉斯蹲在儿子身边的地板上，向他展示了有两座山的岛屿、国王的城堡、铁路的隧道和瓦斯太太的商店，在岛屿周围是大海，正如哈图的父亲胸有成竹的那样，它真的

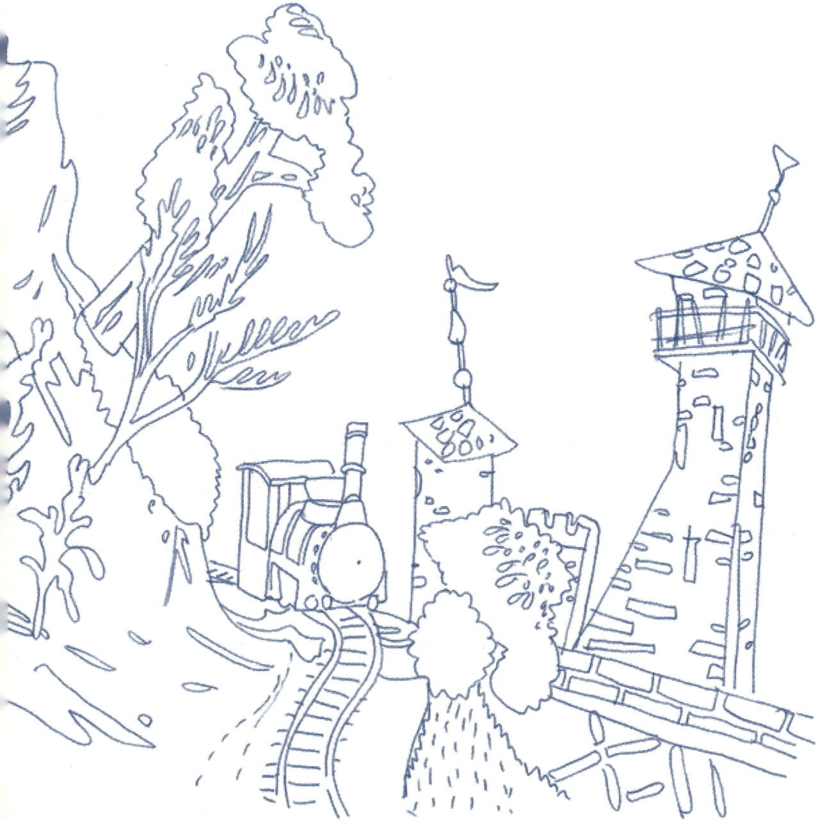

像水面一样波光粼粼，尽管它只是悬在涂了蓝色漆的木地板上的一块透明塑料布。

"嘉士伯也出演吗，妈妈？"

于尔根用充满稚气的大眼睛看向哈图，哈图笑着摇了摇头。"心线，"她的耳边传来了父亲的声音，"是木偶最重要的一条线。它让我们相信，它是活着的，因为它拴住了观众的心。"

"不，"她说，"嘉士伯不会再出演了。"

老仙鹤直起身来，第一次开口说了话。"你现在必须走了，小姑娘。"

女孩被吓了一跳。

"是吗，哈图？"

穿着乳白色丝绸衣服的哈图坐在月影边缘抽着烟，她穿着红鞋的双腿像鹿一样并在一起，她严肃地点点头。

"我们祝你在人间好运，小姑娘，"仙鹤说，"谢谢你把嘉士伯赶走了。"一双炯炯有神的眼睛认真地盯着女孩。"不过话说回来，当初是你用你发着光的手机把它从黑暗中引出来的，"它脑袋上长长的红喙在女孩面前若有所思地来回摆动着，"不过话又说回去，纠正自己做错的事也是需要勇气的。"

女孩还没来得及回话，仙鹤的头又埋到了它的长腿上，飘着纤纤睫毛的眼皮合在了它炯炯有神的瞳孔上。

"我们还会见面吗,哈图?在现实世界中?"

"可是亲爱的,我在现实世界中已经去世很久了。"

"你觉得我父亲在等我吗?"

"我非常确定。"

"那你呢?"

哈图在她面前的小银制烟灰缸里掐灭了烟头,然后把烟灰缸合上。"我的故事已经结束了,但你的故事才刚刚开始。"

李丝公主踱着小碎步走了过来,拉起女孩的手,把她带出了那一片月影。她一次又一次地环视着四周的木偶,却没有发现吉姆、乌梅尔和小国王卡勒·维尔士的身影。她多么希望能和它们说再见啊!但光线变得越来越暗,人影变得越来越小,最后,女孩周围只剩下了黑暗。她叹了口气,把公主的手抓得更紧,两人默默地一直往前走。很快地,她们就要抵达阁楼的尽头。突然,女孩听到了一阵窸窸窣窣的脚步声迅速地向她靠近。她停了下来,听着黑暗中的声音,并感到自己的额头被猛地撞了一下。

"哎呦!"乌梅尔说道,"对不起。"

"乌梅尔!"女孩喊道,她很高兴再次听到这个熟悉的声音。

"你好呀,小姑娘!"

是小纽扣吉姆的声音。女孩想象着它在黑暗中站在自己面前，双手插在口袋里。

"你好，吉姆！再次听到你的声音真好！虽然我们看不见彼此。"

"我们要和你说再见了。"

"没有我的帮助你可出不去噢。没有人像小矮人之王那样熟悉黑暗。"

"卡勒·维尔士！"女孩忍不住笑了起来。

"那么，我们要去哪里？"卡勒·维尔士问道。从它的声音中能够听出告别前的依依不舍。

"不去哪里。"李丝公主平静地说。

它已经完全忘记这个女孩了。女孩知道，现在是时候了。公主拉着女孩的手，把她的手放在突然出现在她们面前的那扇熟悉的旧木门上。

"不要害怕，小姑娘。当你下楼后，就又会变大了。"

女孩点了点头，尽管没有人看得到。

"再见，李丝公主！"她轻轻地说，努力在黑暗中再次看清它的笑脸。但除了伸手不见五指的黑暗，什么也看不见。

"再见了，小姑娘。"

女孩推开门，溜了出去。公主在她身后关上了门，她一步一步地摸索着下了楼。

这部小说讲述了奥格斯堡木偶剧院的故事，和任何小说一样，它本身就是一场木偶戏。其中写到的人物真有其人，但具体的细节是虚构的。我主要感兴趣的不是事实，而是木偶雕刻师汉娜萝蕾·马沙尔的肖像，别人叫她哈图，她对于年轻的联邦共和国非常重要。以木偶小纽扣吉姆为主角的电视动画于1961年首次播出，一代又一代的儿童在其陪伴下长大。

我要感谢哈图的儿子、奥格斯堡木偶剧院现任总监克劳斯·马沙尔，以及哈图的姐姐乌拉·多尔加斯特。感谢弗雷德·斯泰因巴赫的多方面支持，感谢马蒂亚斯·博塔格与我分享他渊博的知识。朱莉娅·沃斯关于小纽扣吉姆的著作对我有很大的启发。最后感谢伦茨堡阿尔高文学馆和伊登科本美术馆。

T. H.

Kalle Wirsch from Tilde Michels / Annette Swoboda: "Kleiner König Kalle Wirsch" © 2016, Verlag Herder GmbH, Freiburg;

Jim Knopf, Lukas, Emma and Princess Li Si from Michael Ende / Franz Josef Tripp: "Jim Knopf und Lukas, der Lokomotivführer" © Thienemann at Thienemann-Esslinger Verlag GmbH, Stuttgart;

The Urmel from Max Kruse / Erich Hölle: "Urmel aus dem Eis"©Erich Hölle, Munich;

Picture of the Original Puppenkiste © Augsburger Puppenkiste/Oehmichens Marionettentheater